サン・ピエールの宝石迷宮

傲慢な王と呪いの指輪

篠原美季

heart

講談社X文庫

目次

サン・ピエールの宝石迷宮
傲慢な王と呪いの指輪――7
あとがき――253

サン・ピエール学院　Saint-Pierre Academy

スイスのアルプスを望む地に建てられた全寮制私立学校《インターナショナル・ボーディングスクール》。

第一学年（平均13歳）〜第六学年（平均18歳）までが暮らす。

モットーは「学べ、さもなくば去れ／Aut《アウト》 disce《ディスケ》 aut《アウト》 discede.《ディスケーデ》」

グリエルモ・ステファノ・ファルマチーニ・デッラ・ピエトラーイア・ディ・モナド
［第六学年］モナド公国の公子
ジュール・アンブロワーズ・エメ
［第一学年］リュシアンの世話係として入学
リュシアン・ガブリエル・サフィル＝スローン・ダルトワ
［第一学年］アルトワ王国の皇太子

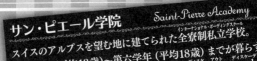

『サン・ピエールの宝石迷宮』　人物紹介

Characters

イラストレーション／サマミヤアカザ

サン・ピエールの宝石迷宮

傲慢《ごうまん》な王と呪《のろ》いの指輪

序章

それは、突然の雨だった。

全身ずぶ濡《ぬ》れになりながら建物に逃げ込んだ生徒たちは、そこでホッと一息つく。

振り返ると、運動場には轟音《ごうおん》を立てながら白い幕を張ったような雨が降っていて、視界がえらく悪い。

「さっきまで晴れていたのに」

「ついてない」

「早くシャワーを浴びて着替えようぜ」

そんな言葉とともに場所取り合戦が始まる中、一人の生徒がまわりを見まわしながら誰にともなく問いかけた。

「あれ、ジェイジェイは？」

見れば、たしかに仲間の一人の姿がない。

「え、あいつ、まだ運動場にいるのか？」

「トイレではなく？」

するとと、一人の生徒が雨に煙《けぶ》る運動場を指さして告げた。

「――あ、あそこ」

振り向くと、たしかに、雨の幕の中をこちらに向かって走ってくる人影があった。どうやら、ボールを追いかけていたせいで、一人、逃げ遅れたらしい。

「おい、なにやってんだよ、ジェイジェイ」

「早く来い」

なかば囃《はや》し立てるように友人たちが叫び、それに応《こた》えて雨の中の人物が片手をあげた時だった。

ピカッと。

太い稲光が、その手をめがけて走った。

同時に、ドカンと衝撃音があたりを襲う。

いったい、なにが起きたのか。

気づけば、さっきまで走っていた友人の姿が、どこにも見えない。

「ジェイジェイ――」

慌てた一人が飛び出そうとするのを、別の生徒が必死に止める。

「駄目だ。今はまだ危ない！」

「そうだ。雷が止《や》むまで」

「でも、ジェイジェイが！」

「とにかく、救急に電話を――」

パニックになりながらも、生徒たちが、被災した友人のためにできることを必死でやろうとする中、外を眺めていた一人の生徒が震える声で囁《ささや》いた。

「……呪《のろ》い」

「――え、なに？」

同じように外を見ていた別の生徒が問いかけるのに応え、彼は蒼褪《あおざ》めた顔を向けて恐々と言う。

「ほら、例のアレ。やっぱり、指輪の呪いは本当だった」

「あ、そうか」

気づいた他の友人も、恐怖に満ちた目を向けて追随する。

「『サモス王の呪いの指輪』――」

とたん、ピカッと稲妻が光ったあと、ほぼ同時にあたりに鳴り響いた雷鳴が、そんな彼らの言葉を呑《の》み込んだ。

それは、まだ世に携帯電話などが普及していない頃に起きた悲劇であった。

第一章　女神の返礼

1

永世中立国スイス。

峻険《しゅんけん》なアルプスの山並みに抱かれて建つ全寮制私立学校《インターナショナルボーディングスクール》サン・ピエール学院では、時おりなんとも奇妙なことが起きる。それをもっとも実感しているのが、この物語の主人公であるルネ・イシモリ・デサンジュであろう。

全部で五つある寮のうち、エメラルド寮に所属する生徒であるルネは、今朝も、おかしな夢から目覚めてしまったせいで、いまだ明けやらぬ暗がりの中、ベッドの上で一人首をかしげることとなった。

（……女神からの返礼の品？）

夢の中で、誰かがそう告げた。

女神からの返礼の品が届くゆえ、今から女神の泉へ行け――。

もはや、細部はわからない。

ただ、その言葉だけが頭の中でリフレインされ、目覚めたのだ。

「え、どういうこと？」

つぶやくも、答えてくれる者はなく、ルネはしばし悩む。

行くか。

それとも、このまま、もう少し寝るか。

起床時間まで、あと三十分以上ある。

冬の朝はしんしんと寒く、できれば、それまで暖かい布団にくるまれていたい。

（……ま、所詮《しょせん》は夢だし）

そう思って一度は布団にもぐり込んだルネであったが、やはり頭の中で繰り返されるフレーズが気になって仕方がなく、何度か寝返りを打った末にごそごそと起き出し、同室者《ルームメイト》を起こさないようにそっと着替えて部屋を出る。

目指すは、「女神の泉」だ。

その場所に確信があるわけではなかったが、この学校の敷地内で唯一それと思われるのは、「聖母の泉」と呼ばれている湧水口《ゆうすいこう》だ。水が自然に湧《わ》き出る場所があって、そこに大理石で彫《ほ》られたマリア像が置いてある。

それで、「聖母の泉」と呼ばれているのだ。

言ってみれば、ただそれだけの場所であって、注目する生徒はほとんどいない。

とはいえ、完全に無視されているかといえば、そうでもなく、たまに湧水の受け皿にコインが入っていることもあるので、おそらく密《ひそ》かに願掛けかなにかをしに来る人間はいるのだろう。

そこを目指して歩きながら、ルネは考える。

（女神からの返礼の品ねえ……）

そう告げられて思い当たる節がないわけではないルネだが、あれから二ヵ月近い日が経《た》ったことを思えば、今さらという感じだ。

果たして、本当に行く価値があるのかどうか。

なにせ、冬至の今日、外は身を切るような寒さだ。

吐く息が白くなる中、ルネは懐中電灯を手に暗い道を歩いていく。

落ち着きのある灰茶色《ココアブラウン》の髪。

神秘的に輝くボトルグリーンの瞳《ひとみ》。

東洋的で端整な顔を含め、すべてがどこか異世界の住人を思わせるなんとも神秘的な雰囲気を漂わせる少年である。

そして、「イシモリ」のセカンドネームが示す通り、彼の母親は日本人で、日本で生まれて日本で育った。

ただ、もともと内向的な性格の上、おのれの外見的な違和感もあってなかなか周囲に溶け込めず、中学にあがってすぐに起きたある出来事をきっかけに登校拒否となり、逃げるようにやってきたのが、ここ、サン・ピエール学院だった。

結果としてその選択は正解で、彼は、いつになく希望に満ちた日々を送っている。少なくとも、毎日がそれなりに楽しいと感じられる明るい時間を手に入れることができた。

もちろん、学校生活における難点や問題がないわけではない。

その一つが、まさに、今の状況だ。

夢で一方的に告げられ、訳がわからないまま、訳がわからないものを受け取りに行くという、この異様な状況――。

どうも、本人が望む、望まないにかかわらず、この地に潜むなにかが、ルネに対してなにかしら働きかけてくる感じがして止《や》まない。

(本当に、このまま進んでしまっていいのだろうか……？)

不安がないわけではなかったが、それ以上に好奇心がうずいて、結局、ルネは、「聖母の泉」の前に立っていた。

そこは、校舎と寮エリアの境目にある段差部分の岩壁に「ルルドの泉」を彷彿《ほうふつ》とさせるように穿《うが》たれた洞窟《どうくつ》で、有名な巡礼地との違いは、表の目立つ場所ではなく、かなり奥まったところの壁龕《へきがん》にマリア像が安置されていることだろう。そして、そのマリア像の足元に大理石の受け皿があって、日々飽くことなくこんこんと水が湧き出ているのだ。

「来たのはいいけど……」

いったいどこに女神からの返礼の品があるというのだろう。

見まわす限り、それらしいものはない。

「やっぱり、ただの夢か」

つぶやいて肩を落としたルネが、諦《あきら》めて帰ろうとした、その時だ。

ザバザバザバッと。

背後で水を切るような音がしたため、とっさに振り返る。

そこに、信じられないものがあった。

水の中からニョキッと生えた二本の腕――。その手の上には、捧《ささ》げ持つように小さな銀の箱が置かれている。

「――え、嘘《うそ》だよね？」

しばらくハムスターのように硬直していたルネは、ややあってぎこちなく動き出すと間近でその小さな箱を見おろした。

「……これって、夢の続き？」

そう考えるが、自分が寝ているようには思えない。それでも、念のため、古典的な手法で頬《ほお》をつねってみる。

「夢じゃない。——ということは、もしかして、僕が受け取ってしまっていいものなのかな？」

そばに誰がいるわけでもないので、尋ねること自体無意味なのだが、こんな場合はどうしても独り言が止まらない。

「うん。きっといいんだよね？」

自分自身を納得させるように言ってから、彼は手を伸ばして小箱を受け取った。

とたん、溶けるように腕が消《き》え失《う》せ、あとにはルネと小箱だけが残される。

「……もらっちゃった」

ルネはつぶやき、手にした小箱を見つめる。

十センチ四方ほどの大きさだろうか。

精緻《せいち》な銀細工の施された美しい小箱は、蓋《ふた》の中心に、空のような青さを持つ美しい宝石がはまっている。

「——ターコイズだ」

それを見る限り、これが女神からの返礼の品であるというのは、間違いなさそうだ。

というのも、二ヵ月ほど前、ルネはターコイズに宿ると言われる「ターコイズの乙女」のために一所懸命色褪《いろあ》せたターコイズを磨き、その結果、どこかで止まっていた時間が動き出した。それがどこかは知らないが、「ターコイズの乙女」は満足し、こうして女神として返礼の品を寄越してくれたというわけだ。

他でもない、このターコイズが、そのことを物語っている。

「そっか」

なにが「そっか」なのかわからずに言ったルネは、蓋を開けて中を見た。

そこには、指輪が一つ入っていた。

取りあげてみると、金台に赤縞瑪瑙《サードオニクス》がはまった指輪で、脇《わき》にはエメラルドと思《おぼ》しき緑色の小さな石も添えられている。さらによく見れば、反対側の脇にも、なにか別の宝石があったと思われるくぼみがあったが、今は失われている。

(え、返礼の品なのに、欠損……?)

それも、ずいぶんな話である。

だが、なによりその指輪が特徴的なのは、オレンジに近い赤縞瑪瑙《サードオニクス》の表面に、古代の王のような男の顔が彫刻されていることだった。

しかも、その表情は、苦しみに歪《ゆが》んでいるようにも見える。

「……なんか、ちょっと不気味?」

欠損した上に、あまり好ましくないこの表情――。

これでも、女神からの返礼の品と考えるべきなのか。

だとしたら、若干趣味が良くない。

思いつつ、せっかくの返礼の品に対してこんな風にケチをつけるのもなんだなと考え直し、「とりあえず、ありがたく頂戴《ちょうだい》します」と言いながら泉に向かってペコリと頭を下げたルネは、ほどなくその場を立ち去った。

2

永世中立国スイスには、世界中から裕福な家の子女が集まる全寮制私立学校《インターナショナルボーディングスクール》がいくつか存在し、その中でも、サン・ピエール学院は伝統校の一つに数えられる。特徴として、男女共学が多い中、イギリスの伝統校《パブリックスクール》を模して男子校という形態を採り、かつスイスの学校では珍しく制服を採用している。

一学年の定員は百名。

全体でおよそ六百名の生徒が在籍し、ダイヤモンド寮、エメラルド寮、サファイア寮、ルビー寮、アメジスト寮と、なぜか宝石の名を冠した五つの寮に分かれて暮らしているのだが、そこには、宝石のように輝いてほしいという願いがあるとか、ないとか。

起床時間は、七時。

半円形を描くように配置された各寮の中心には全校生徒を収容できる円形の食堂があって、朝食は七時半からビュッフェ形式で提供される。そこで、生徒たちは、おのおのの時間配分で朝食を食べ、最終的に九時の始業に間に合うように校舎エリアに行けばいいことになっていた。

ルネが寮エリアに戻ってきた時、まだクローズしたままの食堂の入り口にはすでにちらほらと生徒たちの姿があった。

　冬の空はまだ暗いが、起床時間はとっくに過ぎていたようである。

（あ、まずい――）

　おそらく、ルネと同室の生徒もすでに起きているはずだ。

　慌てて部屋に戻ろうとしたルネの肩を、その時、ふいに誰かがつかんで引き止めた。

「――ルネ」

　それがあまりにも唐突で、びっくりしたルネは、「わ！」と叫びながら、うっかり手にした小箱を勢いよく放り投げてしまう。

　それは見事に弧を描いて飛んでいき、近くの茂みに引っかかって止まった。

　だが、今は小箱どころではない。

　反射的に振り返ったルネの前に、この世の者とは思えないほど高貴で優美な人物が立っていた。

　純金のように白々と輝く髪。

　黎明《れいめい》の青さを思わせる澄んだ青玉色《サファイアブルー》の瞳。

　なにより、完璧《かんぺき》に整った顔は神の起こした奇跡のようだ。

　リュシアン・ガブリエル・サフィル＝スローン・ダルトワ。

　おとぎ話に出てくる王子様のように、生まれながらに気品が備わった彼は、外見からの喩《たと》えではなく、本当に一国の皇太子であり、彼のような人物がそのへんをふらふら歩いているのだから、たまに起きる奇妙な出来事を差し引いても、この学校がルネにとって異世界であるのは間違いなかった。

「――あ、リュシアン」

驚きから回復しないまま応じたルネの脇を通り過ぎ、ルネが落とした小箱に手を伸ばして拾いあげながら、リュシアンが「驚かして、ごめん」と謝る。そんなちょっとした仕草ですら、一国の皇太子は洗練され尽くしている。

「君の姿が見えたものだから、つい慌てて肩をつかんで引き止めてしまった」

「ううん、いいんだ。むしろ、声をかけてくれて嬉《うれ》しい」

小箱を渡してくれるリュシアンの輝く瞳から視線を逸《そ》らさないよう努力していたルネであったが、やはりじっと見つめられるのにはいまだに慣れず、根負けしてスッと下を向いてしまう。ただ、幸い、その時に目に入ったリュシアンの恰好《かっこう》から、ルネはふたたび目をあげて会話を続けることができた。

「え、リュシアン、もしかして、この寒さの中、走ってきたの？」

「うん。――日課でね」

言葉通り、リュシアンは防寒仕様らしいランニングウェアに身を包んでいる。

「すごいね」

さほどでもなさそうに受けたリュシアンが、「そう言う君だって」と訊《き》き返した。

「朝から散歩？」

「……うんまあ、そうとも言えるかな？」

歯切れの悪くなったルネを見て、リュシアンが好奇心を隠せない様子で尋ねる。

「自分のことなのに、妙な言いまわしだね。それに、考えてみれば、たしかに、ただの散歩にしては持ち物が変わっている。──ちなみに、その小箱は、君の？」

「──たぶん」

「たぶん？」

繰り返したリュシアンが、さらに追及する。

「なぜ、『たぶん』？」

「それは、返礼の品ということだったから」

「返礼って、誰からの？」

「──誰？」

「そう。誰かが返礼の品をくれたんだろう？」

「うん」

「誰がくれたんだい？」

「えっと」

そこで迷うように視線をさまよわせたルネが、最終的に訊き返す。

「──誰だと思う？」

ルネは決してふざけたわけではなく、質問されているうちに、そういえば、「女神からの返礼の品」と言われて素直に納得してしまっていたが、実際のところ、「女神って誰？」と改めて思ったのだ。

だからこその「誰だと思う？」だったのだが、当然、リュシアンは納得しない。

わずかに眉《まゆ》をひそめて、言う。

「もしかして、僕は質問の仕方を間違えているのだろうか？　──今って、言葉が通じていない？」

「ううん。通じている」

慌てて答えたルネが、「通じてはいるんだけど」と言い直す。

「正直、僕にも状況がよくわからなくなっていて──」

それに対し、さらにリュシアンがなにか言おうとした時だ。

「──ルネ！」

食堂の入り口のほうからルネを呼ぶ鋭い声がし、見あげた先にルネの同室者《ルームメイト》の姿があった。

紅茶色の髪にオレンジがかった琥珀色《こはくいろ》の瞳。

すらりとした立ち姿には、なにものも侵しがたい意志の強さがにじみ出ている。

アルフォンス・オーギュスト・デュボワ。——通称「アル」だ。

人を惹《ひ》きつける魅力にあふれた生徒であるが、負けず嫌いで熱しやすくすぐにイライラするのが難点だった。

今も、部屋にいなかったルネに対し、苛立《いらだ》ちを覚えているのがわかる。

察したルネが、リュシアンに対して言う。

「ごめん、リュシアン。——またあとで」

「……ああ。そのほうが良さそうだね」

リュシアンも認め、そばを離れたルネは、急いでアルフォンスが立っているところまで走っていく。そんなルネを間に挟み、アルフォンスとリュシアンが睨《にら》めっこでもしているかのような緊迫した空気が伝わってくる。

そこで、アルフォンスの前に立ったルネが、その空気を和らげるように挨拶《あいさつ》した。

「——おはよう、アル」

とたん、視線を落としたアルフォンスが、パシッとルネの頭を軽くはたいて言う。

「バカ。なにがのんきに『おはよう』だ。起きたらいないし、戻ってこないし、びっくりするだろう」

「ごめん」

「だいたい、こんな朝っぱらから、どこに行っていたんだ？」

「それは、えっと……」

悩んだ末、ルネは曖昧に答える。

「散歩？」

それでアルフォンスが納得してくれるとは思わなかったが、幸い、少し遅れてやってきた隣室の住人たちが、ルネを見つけて声をかけてくれたため、それ以上の説明をしないで済む。

「あ、ルネだ！」

明るく手を振ってくれたのは、背が低く丸顔で、茶髪に榛色《はしばみいろ》の瞳をしたエリク・ビュセルで、彼の同室者《ルームメイト》であるドナルド・ドッティが続けて言う。

「朝から姿が見えないって、アルが心配していたけど」

眼鏡をかけてひょろりとしたドナルドは、くすんだ金髪と薄靄色《ヘイズブルー》の瞳を持つ、多分に学究肌の人間であった。もじゃもじゃの髪が手入れされることはあまりなく、正直なところ、見た目はあまりぱっとしない。

だが、この二人の存在があるからこそ、若干態度に問題のあるアルフォンスとルネの同居生活も均衡が保たれていると言えるだろう。

ルネが、ドナルドの愛称を呼びながら謝る。

「ごめん、ドニー。エリクも」

「ああ、いや。僕たちは心配していなかったから、謝らなくていいよ」

「たしかに」

エリクも同意したため、ルネは「そうなんだ」と笑って続けた。

「それなら、アルと一緒に先に行っててくれる？」

「いいけど、君は？」

「一度部屋に戻りたいから、あとで合流する」

そう言うと、ルネはこれ以上の追及を避けるべく、寮の自室に向かって一目散に駆けていった。

クリスマスを目前に控えた食堂には、入り口のところに巨大なクリスマスツリーが飾られている。

サン・ピエール学院は、現在、学校の方針として宗教色を排しているため、礼拝《ミサ》の時間などは存在しないが、生徒たちの楽しみとして、十二月の某日にはプレゼント交換会が行われ、かつ特別にケーキが食べられるイベントとしてクリスマスが残されていた。

そのことは入学案内にも明記されているため、逆に言えば、それを拒否するほど強い宗教観を持つ生徒は、入学してこない。

白いトナカイやサンタの絵で飾られた窓際のテーブルに着いて一人静かに考え事をしていたリュシアンは、誰かが目の前に置いてくれたコーヒーカップを無言で手に取って口をつけた。

その際、「ありがとう」の一言もない。

それでも、コーヒーカップを置いたほうの生徒は、そんなリュシアンに対し怒るでもなく前の席に着き、自分もカップを傾けてコーヒーをすする。

濡《ぬ》れ羽《ば》色の黒髪に端整かつ彫りの深い顔立ち。

3

プラチナルチルのような鋭い輝きを秘めた銀灰色の瞳。

人を射殺すこともできそうなくらい鋭い瞳を持った彼——ジュール・アンブロワーズ・エメは、リュシアンの護衛兼世話係として抱き合わせ入学をしたアルトワ王国の人間であった。

ゆえに、今のように当たり前にコーヒーを運んだりするし、それに対し、リュシアンも当たり前のように受け取ったりするのだが、反面、幼馴染《おさななじ》みとして育った気安さもあってか、エメはリュシアンに対し、ふだんから従者とは思えないほどストレートなもの言いをする。

そんな二人の間には、他者には絶対に真似《まね》できない、長年培ってきた堅固な信頼関係が存在した。

しばらく黙ってコーヒーを堪能《たんのう》したあとで、エメがようやく口を開く。

「で、どうなさいました、殿下《アルテス》？」

「なにが？」

どこかうわの空で答えたリュシアンに、めげることなくエメは言う。

「朝っぱらから、開かない扉の前で唸《うな》っているアラジンみたいな顔をしていますけど、開帳の呪文《じゅもん》を忘れでもしましたか？」

「——アラジン？」

その絶妙な喩えでようやくエメに視線を移したリュシアンが、小さく笑って答えた。

「いや。呪文はもともと知らないけど、僕の場合、相変わらず、ルネのことがよくわからないと思って。——いっそのこと、君の言うような心の扉を開く呪文でもあれば便利でいいんだけどね」

「ああ、なるほど」

一瞬、それとはわからないほど小さく溜息《ためいき》をついたエメが、「それなら」と提案する。

「彼の前で、本当に『開け《オープン》、ゴマ《セサミ》』とでも言ってみたらいかがです？」

「——笑える」

面白くもなさそうに応じたリュシアンが、「本当に」と残念そうにつぶやいた。

「それくらい単純ならいいんだけどね」

そんな憂いに満ちた顔も、リュシアンの場合、なんとも様になってしまう。

肩をすくめたエメが、「なんだか知りませんけど」と続けた。

「彼のことがわからないと、なにか困ることでもあるんですか？」

「ないよ」

「なら、放っておけばいいでしょう」

「でも、気になるんだ」

まるで水に映った月がつかめないと駄々をこねる子どものようである。

呆れを隠せずに、エメが言う。

「言っておきますが、人間なんて、多少謎《なぞ》めいていたほうが魅力的に見えるものですよ」

だから、いい加減放っておけと言いたかったのだが、リュシアンはからかうように言い返した。

「それはまた、相変わらず哲学的だね、エメ」

「どうも」

「別に褒めてはいないけど」

「そうですか。――そこはなんでもいいです。ただ、とにかく私は、デサンジュに関《かか》われば面倒事が増えると言いたいだけで」

論点を逸らさずに告げたエメに、リュシアンが意外そうに訊き返す。

「面倒事？」

「ええ」

うなずいたエメが小さく顎《あご》をあげ、「ほら」と指摘する。

「さっきから、デュボワが暗殺者のような目で貴方《あなた》のことを睨んでいます」

「……ああ、彼ね」

エメの視線を追ってチラッと振り返ったリュシアンが、溜息をついて応じる。

「わかっているよ。ただ、彼は、なぜあそこまで僕を嫌うのかな。――それも、謎と言えば謎だ」

「そうですか？」

理由は明白だと言わんばかりに応じられ、リュシアンも「まあ、たしかに」と認めざるを得ない。

「今のは、撤回するよ」

「結構」

主人をやり込めたあと、エメはあっさり話題を変えた。

「謎と言えば、例の『ホロスコプスの時計』が動き出した件は、理事会が動いたにもかかわらず、相変わらず、その原因がつかめずにいるみたいですよ。——もちろん、この学校のどこかにあると言われている『賢者の石』を見つける手がかりもわからずじまい」

「へえ」

少し前に起きた騒動について、ちょっとした醜聞《ゴシップ》を楽しむようなエメの発言に、リュシアンも食指を動かされたように「そういえば」と続けた。

「あれも、ターコイズだったね」

「——『も』？」

わずかな言いまわしですら聞き逃さない切れ者のエメが、「『も』ということは」と相手の言葉の一部を取って問い質《ただ》す。

「他にも、どこかでターコイズを見たんですか？」

「うん」

その一瞬、リュシアンの頭にあったのは、先ほどルネに拾ってあげた銀色の小箱のことだった。

あの小箱に施された銀細工は、王宮の宝物庫にあってもおかしくないほど精緻で美しいものであったし、蓋にはまっていたターコイズも宝石級の見事な石だった。

ルネは、あんなものを持って、いったい朝っぱらからなにをしていたのか。

振り出しに戻って考え込むリュシアンに、エメが問う。

「で、どこでご覧になったんです？」

「──秘密」

若干意地悪く応じたリュシアンは、「君の言い分を借りるなら」と、先ほどルネに対してエメが言った言葉を流用して告げた。

「謎は謎のままのほうが、魅力があっていいだろう？」

言いくるめられてかなり不満そうなエメであったが、リュシアンは気にせず、食器類の載ったトレイを持って席を立つ。

伝説の「賢者の石」。

その存在を信じるか信じないかはともかく、もし本当にそんなものが存在するのだとしたら、その道筋にいるのは間違いなく──。

（ルネ・イシモリ・デサンジュ）

そんな確信を抱きつつ、リュシアンはなんとなくワクワクしてくる気持ちを抑えきれずに、残りわずかとなった秋学期の授業に臨んだ。

4

リュシアンとエメが食堂で朝食を摂《と》っていた頃。

一人、寮の部屋に戻ったルネは、溜息をついていた。

理由は、もちろん、アルフォンスの態度だ。

今から二ヵ月ほど前――。

ルネは、あることをきっかけに、それまで雲の上の人だと思っていたダイヤモンド寮のリュシアンと知り合い、話をするようになった。以来、たまにリュシアンに誘われてお昼を一緒に食べたり、午後のお茶を一緒に飲んだりしている。

基本、人づきあいが苦手なルネだが、彼と一緒にいると、なぜかホッとし、自分はこれでいいのだと思える。

当たりが柔らかく洗練されたリュシアンのそばは、とても居心地がいい。

だが、そのことを、なぜかアルフォンスはよく思っていないらしく、リュシアンと過ごして戻ったあとは、しばらく無視されたり若干意地悪な態度を取られたりするなど、険悪な状態が続く。

アルフォンスの場合、決して一人にされるのが嫌なわけではないらしく、ルネが隣人のエリクやドナルドの部屋に一人で遊びに行っても、なにも変わらない。むしろ、こちらが誘っても、気が乗らなければ一緒に来ないくらいだ。

同室になって数ヵ月。

観察している限り、アルフォンスはべたべたされるのが苦手なようで、一人の時間を邪魔されるのを好まない。

だから、ルネが他の生徒と一緒に過ごすことで機嫌を損ねることはなく、今のところただ一人、リュシアンと過ごすのが駄目なのだ。

なぜなのか。

たまりかねて一度理由を問い質したことがあるのだが、その時はたった一言、「あいつのことが、嫌いだから」という答えが返った。

まったくもって、ストレートな回答だ。

そして、そう言われてしまえば、返す言葉がない。

嫌いなものを好きになれとは言えないし、誰だって、意味もなく嫌いなものはある。

問題は、嫌いな人間と楽しそうに過ごす人間まで、その影響で一時期嫌いになるという点で、それは言い換えると、リュシアンのことがあまりに嫌いすぎて、リュシアンの気をまとっている間は、ルネのことも嫌いになるということのようだった。

（気をまとうって言われても……ねえ）

おかげで、一度は修復されたように見えたアルフォンスとの関係も、結構微妙な状態が続いている。以前のように交流がまったくないという最悪の状態ではないものの、アルフォンスの機嫌の有り様が、二人の関係に影を落とす。

そして、それこそが、アルフォンスが入学して一ヵ月足らずで二度も部屋替えをしたゆえんなのだろう。

たしかに、アルフォンスとうまく付き合うのは難しい。

ただ、そんな性格をしていても、アルフォンスのまわりには人がたくさん集まるし、ルネの目から見ても、彼がとても魅力的な人間であるのは間違いなかった。

人は強いものに惹かれ、アルフォンスには自分を押し通す強さがある。

（とはいえ……）

そこに少しでいいから柔軟さが加わってくれたら付き合いやすくなるし、それこそ、人として無敵になるのではなかろうか。

そう思いながら机の抽斗《ひきだし》に小箱を入れようとしたところで、ルネはふと自分の手元に違和感を覚え、しまう手を戻して小箱を耳の近くで振ってみる。

だが、中からはなんの音もしない。

（……あれ？）

いくら内側に天鵞絨《ビロード》が敷き詰められているとはいえ、特に押さえるものもない状態であれば、中に入っている指輪があちこちに当たってコトコトと音がするはずだ。

それなのに、無音とは、いったいどうしてなのか。

そこで蓋を開けてみると、やはり、中にはなにも入っていなかった。受け取ってすぐの時はあった指輪が、なくなっている。

「うわ、ない——？」

慌てて周囲を見まわし、「ない、ない」と繰り返す。

「嘘。どこで落としたんだろう？」

せっかくの女神からの返礼の品を、彼はどこかで落としてしまった。

（でも、どこで——？）

立ったまま考えていたルネは、すぐに、さきほどリュシアンに背後から肩をつかまれたことを思い出す。

（そうか、あの時）

ルネは、愚かにも驚きのあまり小箱を放り投げてしまい、それは弧を描いて茂みのほうに飛んでいった。

あの時に、蓋が開いて落ちたのだ。

それなのに、ルネはリュシアンに気を取られていて、指輪の存在などすっかり失念していた。

（ますい――）

そこで、ルネはひとまず小箱を抽斗にしまうと、急いで食堂に取って返した。

食事もそっちのけでリュシアンと出逢《であ》った場所の周辺をくまなく捜したが、指輪はどこにも見つからず、そんな彼の頭上で、カラスがからかうように鳴いていた。

（……どうしよう、なくしちゃった）

かなり経ってからしょんぼりと食堂に入り、トレイに食事を載せてアルフォンスたちの姿を捜したが、いつもはルネのために空けておいてくれるアルフォンスの隣には見知らぬ生徒が座っていて、どうやら、今朝の一件で機嫌を損ねたアルフォンスには、ルネのために席を確保しておく気などなかったらしいと知った。

そんなアルフォンスを立ったまま恨めしげに見ていると、こっちに気づいた彼が「あっかんべえ」をしてくる。

（子どもか！）

思うが、ここからでは反論することもできない。

（まあ、完全に無視されるよりはマシだけど……）

なんだかんだ、苛《いじ》められることに慣れてしまっているルネは空いている席を探し、一人で食事をし始める。

やはり、アルフォンスとの付き合いは、前途多難のようである。

でも、だからといって、ルネは、リュシアンとの付き合いを止める気はない。

すると、そんな二人の無言のやり取りを見ていたのか、空になった食器類をトレイに載せて脇を通った生徒が、ふいに話しかけてきた。

「もしかして、お前がデュボワの新しい同室者《ルームメイト》？」

見あげると、黒髪に黒い瞳をした彫りの深い顔立ちの生徒が立っていた。

体格がよく居丈高で口調もどこか偉そうだが、首元を飾っているのがリボンタイであるところからして、ルネたちと同じ第一学年か、でなければ、第二ないし第三学年の生徒であろう。

というのも、この学校では、大まかに下級生にくくられる第一学年から第三学年までの生徒がリボンタイであるのに対し、上級生にくくられる第四学年から第六学年の生徒はネクタイを着用することになっているからだ。

「――そうですけど」

ルネが答えると、その生徒は、空いたばかりのルネの前の席に滑り込み、まずは自己紹介をしてくれる。

「俺は、ロドリゴ・チッキット。ルビー寮だ。それでもって、デュボワの最初の同室者《ルームメイト》だよ」

それに対し、ルネが自己紹介も忘れて意外そうに訊き返した。

「ルビー寮？」

「ああ」

「それなのに、アルの最初の同室者《ルームメイト》なんだ？」

「あれ、お前、知らないのか？」

軽く目を見開いて言ったあと、どこか意地の悪い笑みを浮かべたチッキットが「デュボワは」と説明する。

「最初、ルビー寮だったんだよ。――まあ、たった三日間だけだけど」

「そうなんだ？」

知らなかったルネに、チッキットが「お前」とからかう。

「のんきだな」

「のんき？」

「ああ。――だって、ふつう、あんな問題児と同室になったら、とにかくなんでもいいから情報を集めるだろう。どんな面倒な奴《やつ》だとか、どんな問題を起こして部屋替えになったのかとか」

「……そうかな？」

そんなこと、ルネは考えたこともなく、賛同できずに首をかしげた。

「僕は別に、目の前にいるアルのことがわかれば、それでいいけど」

「なに言っているんだ。——そんな弱気なことを言っていると、あいつにいいようにこき使われるだけだぞ。わかっていると思うが、すごく傲慢《ごうまん》で嫌な奴だから」

ルネが、わずかに眉をひそめる。

過去になにがあったかはわからないが、チッキットからは人を傷つけようとする嫌な空気しか伝わってこない。

おかげで、食事がまずくなりそうだ。

そこで、ルネは久しぶりに頭の中で紫水晶《アメジスト》のドームを思い浮かべて、その中に逃げ込む。

その紫水晶《アメジスト》の大きなドームは、山梨県に住んでいる曽祖父の家にあるもので、幼稚園児くらいの大きさの子どもなら、中にもぐり込んで寝ることもできた。

そのため、夏休みなど、曽祖父の家に遊びに行った時は、決まって、ルネはその中で過ごした。

そこにいると、自分にまとわりついた嫌なものが浄化されるように思えたからだ。

成長して身体《からだ》が大きくなるにつれ、中に入ることはできなくなってしまったが、その代わり、長年の訓練の成果なのか、どこにいても頭の中でそのドームを思い描き、いつでも好きな時に逃げ込めるようになっていた。

そのことが自分の時間を止める結果となり、色々あって反省してからは、しばらくドームのことは考えないようにしていたが、こういう時は別である。

不躾な相手から嫌な気をまともに食らいそうな時は、逃げるが勝ちだ。

そう思ってルネが心を避難させた上で生返事をしていると、すぐ近くで、チッキットの言葉を肯定する声があがった。

「たしかに、デュボワは最低の奴だよ」

ハッとして振り返ると、同じテーブルの端に座っていた生徒が、トレイを持って立ちあがり、こちらに歩いてきながら続けた。

「関わるとロクなことにならない。──君も、せいぜい気をつけることだな」

そう言い置いて立ち去った生徒は、首元にネクタイを締めていた。つまり、上級生であるということで、いったいアルフォンスとどういう関係なのか。

確信は持てないが、エメラルド寮の上級生ではないように思える。

その間、黙り込んでいたチッキットが、我が意を得たりとばかりに言う。

「ほら、見ろ。俺の言った通りだろう？」

「……そうだね」

なかば強制的に相槌《あいづち》を打たされる羽目になったルネは、これ以上ここにいたくないと思い、食べ終わっていない食器類を重ねながら「悪いけど」と前置きして暇《いとま》を告げた。

「僕、授業の支度があるから、もう行くね」

「……なんだよ、つれないな。せっかく人が親切に話しかけてやっているっていうのに」

ルネの反応に不満そうなチッキットであったが、ルネはそのまま逃げるように立ち去った。

5

それより少し前。

食事をしていたアルフォンスが、あとからやってきたルネに「あっかんべえ」をするのを見て、向かいの席で一緒にご飯を食べていたエリクとドナルドが肩をすくめてもの言いたげな視線をかわす。

ややあって、ドナルドが批判する。

「アルってば、なんで、そういう子どもじみたことをするかな」

エリクが、すぐさま追随する。

「そうだよ。それに、そもそも、あとから来るってわかっていて、席を取っておいてあげないなんてさ。——超イジワル」

「うるさいな」

アルフォンスがすげなく返し、「もとはといえば」と言い訳する。

「あいつが朝っぱらからコソコソとなにかしていて、食事の時間に遅れたのが悪いんだろう」

「そうだとしても」

エリクがさらになにか言おうとした時だ。

ドナルドが、彼方《かなた》を見ながら「オッオゥ」と軽い警告音のような声を発した。それに反応して振り返ったアルフォンスの目の先に、チッキットに声をかけられているルネの姿があった。

なんとも雲行きの怪しい雰囲気だ。

振り返った姿勢のまま眉をひそめるアルフォンスの背後で、ドナルドが「ほら」とどこか勝ち誇ったように告げる。

「つまらないことでルネを弾《はじ》いたりするから、罰《ばち》が当たったんだ。——きっと、今頃、ルネは、チッキットにあることないこと吹き込まれているよ」

その言葉から察するに、どうやらルネとは違い、二人はアルフォンスの前歴について知り尽くしているらしい。

「だね」

エリクが同調し、ルネのほうを見ながら同情する。

「ルネ、かわいそう」

とたん、アルフォンスがエリクを睨んで言った。

「なんで、そうなる。悪口を言われているのは、俺だぞ?」

「そうだけど、それは自業自得だからさ。——なにせ、三日間に十回も取っ組み合いの喧《けん》嘩をして、挙げ句に窓ガラスを一枚割ったわけだろう。喧嘩両成敗と言われている通り、そうなるに至るまでには、絶対にアルにも落ち度はあったはずで、チッキットとの間に禍根を残したのはアル自身だ」

過去の諍《いさか》いについて簡単に触れたエリクが、「でも、ルネは」と続ける。

「この場合、なにも関係なく、ただ君と同室というだけで、朝っぱらから聞きたくもない悪口を聞かされている。それでなくても、ルネって毒のある言葉に弱いのに――」

「だったら、おとなしく聞いてないで、席を立てばいいだけだろう」

なかば、ここにいないルネに言うように告げたアルフォンスに対し、ドナルドが「それができたら」と異を唱える。

「ルネだって、もう少し楽に生きられると思うよ。――ほら、君と違って、彼はとても繊細にできているから」

「それくらい、言われなくてもわかっている！」

感情的に言い放ったアルフォンスは、不機嫌さを隠そうともしない乱暴な態度で食器をまとめると、まだ食事中の二人を残してその場を立ち去った。

あとには、気まずさだけが残される。

ややあって、エリクが言う。

「……思うに、アルって、ここで友だちを作る気があるのかな？」

「さあ、どうだろう？」

どうでもいいように応じたドナルドが、「別に」と素っ気なく答えた。

「作りたくなければ、それはそれでいいと思うし」

それを聞き、エリクが面白そうに言う。

「相変わらず、クールだよね」

「そうかな？」

「うん」

自分ではそう思っていないらしいドナルドが、「僕は単に」と言う。

「他人は他人と思っているだけだから」

「だから、そういうところがさ」

苦笑したエリクだったが、ふと何かが気になったらしく、急に真面目《まじめ》な顔つきになって
「もしかして」と問いかける。

「僕のことも、そう思っている？」

「――君？」

聞き返しながら考えるように首をかしげたドナルドが、ややあって「まあ、そうだね」

と答えた。

「エリクはエリクだと思っているよ」

「ふうん。……そっかあ」

「なんで？」

「ん、別に」

　そう言った時のエリクの声がどこか淋《さみ》しげだったことに、食事を再開したドナルドが気づいた様子はなかった。

6

ふたたび部屋に戻って授業の荷物を持ったルネは、校舎エリアに向かう前に、もう一度失《な》くしてしまった指輪を捜すために食堂脇の茂みを覗《のぞ》いてみる。

(落としたとしたら、絶対にここなんだけど……)

寒空の下、茂みをかき分けて捜すが、指輪はどこにも見つからない。

(ないなあ)

いったい、どこに行ってしまったのか。

小さく溜息をついていると、背後から呼ばれる。

「そこにいるのは、ルネか?」

振り返ると、第五学年のサミュエル・マキシム・デサンジュと第四学年のセオドア・ドッティが立っていた。

二人ともルネとは違うダイヤモンド寮の住人で、その中でも「特別棟」と呼ばれる一握りの生徒しか入居できない部屋を使っている生徒たちだ。

ダイヤモンド寮に存在する「特別棟」には、彼らの他にモナド公国の公子である第六学年のファルマチーニや、中華系財閥の子息などがいて、当然のことながらリュシアンもその一人である。

ゆえに、ルネにとって、目の前の二人は、知り合う前のリュシアンと同じく雲上人であるし、特にサミュエルに至っては、この一年、学院の「No.2」ともいうべき生徒自治会執行部の副総長という地位にあるため、まったくもって下級生が気安く話せる相手ではなかった。

ただし、「デサンジュ」の名前から察せられる通り、サミュエルはルネの親戚《しんせき》だ。ルネが急遽《きゅうきょ》この学校に入学できたのも、サミュエルの父親が手をまわしてくれたからだと聞いている。

そんなサミュエルの家は、この学校の創立者集団である「サンク・ディアマン協会」に名を連ね、歴代の後継者たちはみなここの卒業生であった。

さらに、セオドア・ドッティも、サミュエルの御用聞きとして生徒自治会執行部に出入りするエリートの一人で、名前の通り、ルネの隣人であるドナルド・ドッティの従兄弟《いとこ》である。

このドッティ家に加え、名門デュボワ家も、「サンク・ディアマン協会」に名を連ねている。

サミュエルが尋ねる。

「こんなところで、なにをしてるんだい？」

「あの、えっと、ちょっと捜し物を……」

「へえ。――一緒に捜そうか？」

「冗談でしょう」

言ったあとで、二人の驚いた表情からこういう時に使う表現ではなかったと悟ったルネが、「あ、間違えました、ごめんなさい」と謝ってから慌てて言い換える。英語も日常会話程度なら話せるとはいえ、あくまでも日本語で教育を受けてきたルネは、まだまだこんなおかしな言いまわしをしてしまうことが多々ある。――もっとも、多国籍の生徒が集まるこの学校では、実は、結構あるある話だった。

「う～んと、ありがとうございます。でも、大丈夫です」

「そうか？」

セオドアとチラッと視線をかわしながら苦笑したサミュエルが、「でも」と忠告する。

「あまりのんびりしていると、授業に遅れるぞ？」

上級生らしい言葉に、ルネは首をすくめながら「はい、わかっています」と答えた。

褐色の髪にモルトブラウンの瞳。

ラテン系らしい彫りの深い顔立ちをしたサミュエルは実に貫禄《かんろく》のある生徒で、彼の前ではたいていの下級生は萎縮《いしゅく》してしまう。それは、親戚とはいえ、ここに来るまで会ったことのなかったルネも同じだ。

ルネが続けておずおずと言う。

「……もう、行きます」

「それがいい」

賛同を受け、ルネはペコッとお辞儀をし、なかば逃げるように立ち去った。

その華奢《きゃしゃ》な背中を見送ったサミュエルが、ややあって納得がいかないように背後のセオドアに尋ねる。

「ちょっと訊くが、今、僕はそんなに怖かったか？」

それに対し、セオドアが若干にやけながら応じる。

「どうでしょうね。貴方にしては、かなり当たりが柔らかいほうでしたが、彼は繊細で勘も良さそうだから、きっと見せかけの笑顔なんて透過してしまうんでしょう」

「透過って——、人を腹黒みたいに」

「違うんですか？」

「君と一緒にしないでほしいな」

「それは、失礼しました」

どこまで本気かわからない口調で謝ったセオドアが、「ただ、まあ」と警戒する表情になって続ける。

「そんなことを気にしているくらいなら、他に気にすべきことがあるように思いますけど」

「気にすべきこと?」

「ええ」

うなずきながら、セオドアは、すでに豆粒のような大きさになったルネのほうを軽く顎で示して言う。

「彼は、ずいぶんとアルトワ王国の皇太子になってしまったようではないですか」

「ああ、それか」

スッとモルトブラウンの目を細めたサミュエルが、「あの『王子《プリンス》』は」とリュシアンの陰の呼び名のほうを使って皮肉げに付け足した。

「あの通り、かなりの人たらしだから」

「それは認めます」

セオドアがうなずき、「で」と尋ねる。

「貴方は、二人のことを放っておくんですか?」

「とりあえずは、ね」

応じたあとで、セオドアを振り返って尋ねる。

「だけど、なぜ、君がそんなことを気にするんだ?」

ルネがリュシアンと仲良くしたところで、部外者であるセオドアが困ることはないはずだ。

だが、彼には彼の言い分があった。

「おっしゃる通り、二人がどうしようが私には関係ありませんが、ただ、噂《うわさ》によると、あの『王子《プリンス》』は、一時、例の従者を使ってずいぶんと熱心に『ホロスコプスの時計』について調べていたようなんです」

「へえ？」

セオドアを見つめたサミュエルが、意外そうに訊く。

「だが、なんのために？」

「それがわからないから、不気味なんですよ」

「なるほどねえ」

セオドアの言い分にようやく納得したサミュエルが、「それに」と続けた。

「わからないと言えば、例の件のあと、『サンク・ディアマン協会』が乗り出し、正式に色々と調査したが、調べれば調べるほどわからないことが多くて、我々はみな頭を悩ませているのが現状だ」

「そうですね」

応じたセオドアが、「まず」と問題点をあげた。

「あの運命の夜、いったい誰があの時計を動かしたのかを調べるために、学院内に設置された防犯カメラの映像をチェックしたものの、機器類の故障なのか、その間の時間が飛んでしまっていて肝心の映像がなかったと聞いています」

「その通り」

認めたサミュエルが、「それが、もし故意なら」と疑いを差し挟む。

「一介の生徒にできることではないな」

「ええ、間違いなく」

応じたセオドアが、言い換える。

「できるとしたら、それは、専門家集団を動かせる立場にある者です」

「たしかに」

セオドアがなにを警戒しているのか薄々理解しつつ、サミュエルが「それから」と話を続けた。

「当然、『ホロスコプスの時計』とあのターコイズについても綿密に調査したが、残念ながら、どちらも、これといっておかしな点はなく――というより、進展がないまま、今に至っている」

「そうですね」

「なにせ、おそらくターコイズをあの部分にはめ込むことでスイッチが入り、動力部にエネルギーを送り込んでいるのだろうが、別の石をはめ込んでも時計は動かず、仕組みについては依然として謎のままだからな」

「分解したくても、一度分解してしまったら誰も元に戻せないと危惧《きぐ》しているせいで、分解もできずにいるわけですよね？」

「ああ、まさにそれだ」

指をあげて肯定したサミュエルが、「実際」と続ける。

「調査に当たった技師から直接話を聞いたんだが、あの手の古い時計というのは構造が複雑すぎて、一度分解してしまったら、戻すのは不可能だろうと言われたよ。――だけど、信じられるか？」

「なにがです？」

「いや、だって、ここまで技術革新が起きていながら、昔の職人技で作られた工芸品の中には、現在、人の手で再現できないものが結構あるというんだ。――これを驚かずにいられるか？」

「まあ、そうですね」

同意したセオドアが、「ただ」と残念そうに付け足した。

「おかげで、ああして動かなかった時計が動いた今も、『賢者の石』への手がかりは一向につかめないままですけど」

「ああ、わかっている」

うなずいたサミュエルが、言う。

「僕たちはみな、『ホロスコプスの時計』さえ動けば、『賢者の石』を探すための手がかりが手に入ると思っていたからな」

「でも、実際はそんな単純な話ではなかったわけで、まさに『振り出しに戻った』ってことでしょう。——ただ、唯一」

セオドアが、いかつい顔をしかめて指摘する。

「あれを動かした人間は別です」

「謎の人物Xだな」

「ええ。——そして、もし、『賢者の石』を探すための手がかりがあの時計を動かす過程にあったのだとしたら、その人物は、すでに一人悠々と駒《こま》を先に進めている可能性があるわけです」

悔しそうに言ったセオドアが、「そんな中で」と告げた。

「アルトワ王国の皇太子が『ホロスコプスの時計』について調べていたなんて話を聞いたら、やはり心穏やかではいられないというのはおわかりになるでしょう?」

「ああ。君の心配はもっともだな」

全面的に受け入れたサミュエルに、セオドアが訊く。

「それなら、実際のところ、貴方はどう思います?」

「どうというのは？」

「ですから、あの『王子《プリンス》』は、『賢者の石』に興味があるんでしょうかね？」

「どうだろう」

考え込んだサミュエルが、ややあってどこか自嘲《じちょう》するように応じた。

「ただ、なんと言っても、彼は『サファイアの玉座《サフィルスローン》』と呼ばれる人間だからな。そもそも『賢者の石』探しなんて、所詮は持たざる者たちの夢物語に過ぎず、あらかじめすべてを手にしている人間が興味を持つとも思えないが――」

「でも、それは、『賢者の石』の定義にもよりませんか？」

「定義？」

訊き返したサミュエルに、セオドアが「いい機会だから」と言い出した。

「ちょっとお尋ねしますが、そもそも『賢者の石』がこの世に存在するとして、貴方はそれがなんだと思っているんですか？」

「それはまた、根源的な質問だな」

「そうですね。でも、事の本質ですから」

真剣な眼差《まなざ》しで応じたセオドアが、指で数えながらいくつかの候補をあげていく。

「よく言われるように、歴代の錬金術師たちが求めたような、鉛を金に変える第一物質なのか。それとも、お宝の在り処《あか》を示すものか。――でなければ、一部の人々が期待したよ先ほどセオドアが「定義にもよる」と言った言葉を受け、サミュエルは答えを返す前に推測する。

「ああ、わかったぞ」

「うな不老不死の妙薬か」

「君が言いたいのは、仮に『賢者の石』の正体が不老不死の妙薬だったとした場合、たえこの世のすべての富を手にするといわれている『サファイアの玉座』であっても、興味を示して然るべきだと?」

「そうです」

うなずいたあと、セオドアが再度尋ねた。

「それで、貴方の定義は?」

「……そうだな」

わずかに目を細めて考え込んだサミュエルが、ややあって答えた。

「不完全なものを完全なものに変容させる力を持つもの――かな」

「不完全なものを完全なものに変容させる力を持つもの――ですか」

一言一句違えずになぞったセオドアに、サミュエルが微笑を浮かべつつ応じる。

「そう。――それが、『賢者の石』に対する僕の定義だ」

7

秋学期最終日。

これから二週間のクリスマス休暇を家族と過ごすために、生徒たちがおのおの迎えの車で続々と学校を去っていく中、公共のバスが来る時間までそのへんを散歩しようと荷物を持って歩いていた一人の生徒が、ふと足を止め、キョロキョロとあたりを見まわした。

気のせいか、近くでコンッと音がしたのだ。

そのまま、しばらく見まわしていると、足元の草むらでなにかが光った。

「なんだ？」

つぶやいた彼は、近づいて草むらを覗き込む。

同時に、頭上でカラスが鳴いた。

こちらを威嚇するような、鋭い鳴き声だ。

その生徒が草むらで見つけたのは、金台の指輪だった。

拾いあげると、オレンジがかった赤い石に男の顔が彫刻された、少々不気味な感じのする指輪であるのがわかる。

「なんだ、これ」

つぶやくが、もちろん答える声はない。

あるとしたら、カラスの鳴く声くらいだ。

そもそも、なんで、こんなところに指輪が落ちているのか。

誰かの落とし物だろうか。

そこで頭上を見あげた生徒は、近くの枝からカラスが飛び立つのを目にする。

カラスは光るものを集めるのが好きだというし、もしかしたら、これもカラスの落とし物だったのかもしれない。

だとしたら、もとは誰のものであったかなど、わかるはずがない。

(いや、だけど、これは――)

偶然手に入れた指輪を丹念に検分していた生徒は、なにか考え込み、ややあって口元を歪めてつぶやく。

「たぶんそうだろう。――そして、これが本当に俺の思っているものなら、なかなかどうして、使えるぞ」

いったい、なにを決心したのか。

その生徒は拾った指輪をギュッと掌《てのひら》で握りしめると、ひとまず公共のバスに乗り遅れないよう、急ぎ足で去っていった。

第二章　呪《のろ》いの指輪

1

二週間のクリスマス休暇が終わり、サン・ピエール学院は、朝から登校ラッシュを迎えていた。正門まで親に送られてくる生徒もいれば、ふもとのバス停まで公共のバスに乗ってくる生徒もいる。

日本から戻ってきたばかりのルネは、公共のバスを利用したうちの一人で、ふもとから学校までの道のりを生徒の群れに交じって歩いていた。

吐く息は白いが、午前中の澄んだ空気が清々《すがすが》しい。

と、大きく息を吸い込むルネの脇《わき》を通り過ぎた車が、数歩先でスーッと停車した。

もちろん、先ほどから車はひっきりなしに通っていたのだが、その一台には、それまでのものとは一線を画する重厚感があった。

黒光りするリムジン。

ボンネットの先端には白地に青と赤で模様の入った小さな国旗が翻っている。

ルネが近づくのと同時に黒い窓ガラスが下がり、中からリュシアンが顔を出す。

「やあ、ルネ」

「リュシアン？」

「あとちょっとだけど、乗っていかないかい？」

「え、でも」

リュシアンは気軽に誘ってくれたが、明らかにふつうとは違う様子に、道行く生徒たちが好奇の目を向けている。

慌てたルネが、とっさに断る。

「悪いから」

「そうかい？」

それで行ってくれるかと思いきや、リュシアンは意外なことを言い出した。

「それなら、僕も歩こうかな」

「――え」

ルネが驚いたのもさることながら、奥にいたエメが「勘弁してくれ」と言いたそうな表情をして、そのまま元凶であるルネのことをプラチナルチルのような銀灰色の瞳《ひとみ》でジロリと睨んだ。

当然だろう。

学校の敷地内ならともかく、公道を歩くとなれば、護衛として彼も同行せざるを得なくなる。

「……あ、いや」

戸惑ったルネが、「やっぱり」とその場しのぎのために告げた。

「乗せていってもらおうかな？」

「そう？」

なんだかんだ、リュシアンの思惑通りになったようなものであるが、そうして、彼らの同乗者となったルネに対し、エメが車が動き出す瞬間を狙《ねら》うように淡々と告げた。

「この前も思いましたが、治外法権の車にあっさり乗り込むとは、デサンジュは意外と度胸がありますね」

「治外法権？」

思ってもみなかった言葉だが、言われてみればそうである。

一国の国旗を掲げているということは、この車内は永世中立国スイスではなくアルトワ王国の法律が通用する場所であり、この車に害をなすということは、即《すなわ》ちアルトワ王国に戦争を仕掛けるのに等しい。

その意味を改めて考えていたルネに、エメが脅しつけるように付け足した。

「つまり、ここで貴方《あなた》になにが起きようとも、私たちがこの国の法律で裁かれることはないというわけです」

それは暗に、殺されても文句は言えないと告げているのか。——いや、殺人なら当然文句は言えるだろうが、その場合でも、外交筋を通し、複雑な手続きを経ながら働きかける必要があるはずだ。

要は、簡単にはいかない。

「……えっと」

ルネが居心地悪そうに尻《しり》を動かすのを見て、すかさずリュシアンがエメを窘《たしな》めた。

「なんてことを言うんだ、エメ。我が国を貶《おとし》める気か？」

「滅相もない」

さして悪びれた様子もなく応じたエメからルネに視線を移し、リュシアンが安心させるように告げる。

「申し訳ない、ルネ。エメの言うことは気にしないでくれ。——たしかに、外交特権のある車だけど、君が同乗することにそれほどの意味はないから」

「……あ、うん」

うなずくものの、自分が考えなしであるというのを、ルネは改めて実感していた。

そんなルネの心情を慮《おもんぱか》ってか、リュシアンがことさら明るく言う。

「それより、年越しはどうだった？」

「……ふつう、かな？」

「ふつうというのは？」

「えっと、年末に大掃除を手伝って、年越しそばを食べてから集まっていた従兄弟《いとこ》たちと初詣《はつもうで》に行って、あとは寝正月」

「へえ。なんか楽しそうだね」

好奇心に青玉色《サファイアブルー》の瞳を輝かせたリュシアンが、「いつか」と続ける。

「僕も、日本に行ってみたいよ」

「日本に……」

この場合、「いつでもどうぞ」と言うのは簡単だったが、外交特権で守られている車に同乗したことで、ルネは考えを改めた。

おそらく、一国の皇太子が外国を訪れるのはそう簡単ではないはずで、もちろん、「お忍び」という手はあるのだろうが、そうだとしても、そこでなにかあれば、それこそ外交問題に発展してしまう。

ルネは、この何げない会話の中で、すべてに恵まれているように見えるリュシアンが生まれながらに背負う、目に見えない十字架のようなものを垣間見《かいまみ》てしまった気がした。

そこで、努めてさりげなく話題を変える。

「あ、そうだ。忘れるところだったけど、リュシアン、秋学期の最終日は、色々とありがとう」

「――ああ、あれね」

話題を逸《そ》らされたことをどう思ったのか、リュシアンは小さく苦笑を浮かべて言う。

「あれは、別に君に礼を言われるようなことではないから。――なんなら、ハゲワシに礼を言ってほしいくらいで」

「そうだけど、でも、あの時、あの場にリュシアンが来てくれなければ、正直、どうしていいかわからなかったし」

というのも、遡《さかのぼ》ること、秋学期の最終日。

迎えのタクシーを呼び忘れたルネは、バスの時間までそのへんを散歩することにして、学校の敷地から行ける裏山の道を一人で歩いていた。

その時に、偶然にも道端に落下して苦しんでいるハゲワシに遭遇したのだ。

バサ、バサッと。

羽音がしたので近づいていくと、そこには羽をばたつかせながらも起きあがれずにいる大きな鳥の姿があった。

本当に大きな鳥だった。

カラスなどの比ではない。

驚いたルネが慌てて近づき、鳥に手を伸ばそうとしていると――。

「――危ないから、素手で触らないほうがいい」

そんな声とともに、リュシアンがその場に現れた。どうやら、彼も、散歩に出ていたらしく、ちょうど山道を下ってきたところだった。

慌てて手を引っ込めたルネの横で、着ていた厚手のコートを脱いだリュシアンが、それを鳥にかぶせ、その上から抱きあげた。

とっさにコートの下で鳥が暴れたようだが、かなり弱っているのか、その抵抗もすぐに止《や》む。

「ハゲワシだな」

「――え、ハゲワシ⁉」

もちろん名前くらいは知っているが、実物を見るのは初めての上、いきなりこんな間近で接することになったルネは言われたことに衝撃を受け、次いで、おろおろしながら問いかける。

「どうしよう?」

ルネとは対照的に先ほどからずっと落ち着き払っているリュシアンが、「ひとまず」と冷静に応じる。

「獣医のところに連れていく」

「――でも、ハゲワシを診《み》てくれるところなんて、あるのかな？」

「わからないけど、アルプスの山裾《やますそ》に開業しているような獣医なら、この手の野鳥も多少は診られるはずだ」

そこで、ルネとリュシアンが並んで正門まで下りていくと、車の前に立って待っていたエメが、リュシアンの抱えているものを見て絶望的な声をあげた。

「――殿下《アルテス》。また、なんてものを拾ってきたんです？」

「仕方ないだろう。道端で苦しんでいたんだ。放ってもおけない」

「ですが――」

ハゲワシがくるまれているコートを恨めしげに眺めながら、エメが続けて言う。

「せめて、他にくるむものはなかったんですか？」

その際、無意識であろうが、彼の視線がルネの着ているダッフルコートに流れた。その意図は明白だ。

おそらくルネの着ているダッフルコートとリュシアンが身にまとっていたコートでは、価格の桁《けた》が一つ――いや、下手をしたら二つくらい違うのだろう。つまり、どうせ駄目にするならルネの安いコートでよかったのに、よりにもよって、なぜ高価なコートを使った

のかという批判である。

だが、もちろん、そんなことはお構いなしのリュシアンが命令する。

「エメ、そんなつまらないことを言っているヒマがあったら、すぐに獣医を探すんだ。ハゲワシも受け入れてくれる獣医だぞ」

「わかっていますよ」

すでに先ほどからスマートフォンをいじっていたエメは、探し出した獣医のところに問い合わせの電話をかけた。

そこからはあっという間で、彼らは車に乗り込むと、受け入れ先の獣医のところまでハゲワシを運んだ。

ついでに、ルネはそのまま空港まで送ってもらえたという経緯がある。

先ほどエメが治外法権云々《うんぬん》の際に「この前も」と言ったのは、まさにこの時のことを指していた。

「……そういえば」

リュシアンが、思い出したように教えてくれる。

「休みの間にあの時の獣医から連絡があって、ハゲワシは助かったそうだよ」

「本当に？」

「うん。どうやら、原因は、例によって二次被害だったそうだけど、今回は発見が早かったおかげで助かったのだと言っていた」

「……二次被害?」

その意味がわからずに訊《き》き返したルネに、リュシアンが「うん、そう」とうなずいて教えてくれる。

「ハゲワシは、知っての通り、死んだ動物の腐肉を食べる自然界の掃除屋だけど、近年家畜に投与する抗炎症薬に含まれる成分がハゲワシにとって致命的となり、前世紀には世界中でその数が激減し、一時は絶滅寸前まで追い込まれたんだ」

「……かわいそう」

「たしかにかわいそうだし、それは、長い目で見た場合、自然界の秩序を揺るがす大問題であることから、ハゲワシ保護のための基金が設立され、国境を越えた専門家集団による生息地の回復などが行われた。──おかげで、一時は姿を消したこのあたりにも、ようやくある程度の個体数が戻ってきたところなんだ」

「知らなかった」

「まあ、都会で生活していたら、あまりわからないだろうね」

「うん」

「ただ、あのハゲワシは、最近は使われなくなってきているその抗炎症薬の被害にあったらしく、今後、ハゲワシの保護団体などが調査に乗り出すことになるらしい」

「ふうん」

世情に疎いルネが曖昧《あいまい》にうなずく前で、日常生活の中でその手の話題には事欠かないらしいリュシアンは、すらすらと報告を続けた。

「それで、獣医の話では、今回、治療を受けたハゲワシは、それら保護団体を通じて適正な場所に帰してもらったということだから、もしかしたら、また、そのへんを飛んでいるかもしれない」

「それは、よかった」

最後は心の底から応じたルネが、首を傾け、車の窓から空を見あげる。

そこには、流れ去る冬枯れた木々の細い枝と、その向こうに広がる冬の青い空が見えていた。

2

その日の昼食時。

ルネは、かなり居心地の悪い思いをしながら、食堂の席に座っていた。

どうやら人が噂《うわさ》好《ず》きなのは万国共通で、男女の違いもないらしい。

その証拠に、今朝、ルネがアルトワ王国の公用車に乗ってリュシアンと一緒に正門前で降り立ったことはあっという間に広がり、この時間までには、ほとんどの生徒が知るところとなっていたからだ。

おかげで、ここに来るまでの間も、すれ違う生徒がみんな、ルネのことを好奇の目で見た。それだけでも居心地がよくないというのに、例によって例のごとく、アルフォンスの機嫌が朝からすこぶる悪いのだ。

彼は、どんな情報網を持っているのか、ルネが荷物を手に部屋に入った時には、すでにリュシアンとの一件を知っていた。

彼の醸し出すイライラ感に圧倒され、おずおずと「……やあ、アル。元気だった？」と挨拶《あいさつ》したルネに対し、そのオレンジに近い琥珀色《こはくいろ》の瞳でジロッと睨んできたアルフォンスは、「というか」と挨拶もなく言い放ったくらいだ。

「お前、帰る部屋を間違えてやしないか?」

どうやら、ルネはリュシアンと同じダイヤモンド寮の寮生になったほうがいいという嫌みであるらしい。

「そんなことないよ」

ルネは言ったが、アルフォンスは鼻で笑って、あとは無視だ。

以来、せっかく久しぶりに会ったというのに、二人の間はひんやりしたまま、あっという間にお昼になった。

目の前でむっつりとご飯を食べているアルフォンスをチラッと見て、ルネは密《ひそ》かに溜息《ためいき》をつく。

こんなことが続くようでは、さすがにルネもつらくなる。

すると、少し遅れてドナルドと食堂にやってきたエリクが、ルネのところまでまっしぐらにやってきて、開口一番に訊いた。彼らは、五月雨《さみだれ》式に今しがた到着したばかりで、荷物をほどく前にご飯を食べに来たらしい。

「ルネ、今、ここに来る間に聞いたんだけど、君、この休暇をアルトワ王国の国賓として過ごしたって、本当?」

「――は?」

あまりに想定外すぎる質問に対し、一瞬英語を聞き間違えたのかと思ったルネが、首をかしげて訊き返す。

「ごめん、エリク。――今、なんて言った？」

「だから、君と君のご家族が、サフィル＝スローン、つまりはアルトワ王国の皇太子から正式に招待を受け、国賓としてアルトワ王国でクリスマス休暇を過ごしたとみんなが噂しているんだけど、それって本当なのかと思って」

「国賓って……」

なんでそんなことになるのか。

事実とはかけ離れた質問に、ルネは口をあんぐりと開けてしまう。

それを見て、なんか違うと思ったらしいエリクが、「あ、やっぱり」と訂正する。

「違うみたいだね」

「違うよ。そんなこと、あるわけがない。――だいたい、なんでそんな話に」

ルネにはまったく覚えのないことであったが、「だが」とそれまで黙って食事をしていたアルフォンスが口をはさんだ。

「秋学期の最終日に、お前がアルトワ王国の公用車に乗り込むところは数人の生徒が見たそうだし、今朝も一緒に正門に現れた。――となると、お前が、このクリスマス休暇をアルトワ王国で過ごしたとみんなが考えても、決しておかしなことではない」

「――ああ、そういうことか」

アルフォンスに指摘され、初めて誤解の原因に思い当たったルネが、慌てて「だけど」と説明する。

「違うんだ。あの時は、たまたま緊急事態が発生して同乗することになって、その流れのまま最終的に空港まで送ってもらったけど、そのあとは、ふつうに日本に戻って両親や親戚《しんせき》と過ごしたし、今朝は今朝で、バス停から途中までは一人だったんだ」

「な〜んだ」

エリクがつまらなそうに言い、一緒にいたドナルドが「ほら」と少しだけ得意げに続けた。

「言っただろう。そんなバカなことがあるわけないって。――ということで、久しぶりだね、アル、ルネ、元気だった？」

遅ればせながら、彼らは久々の再会を喜び合う。

そうして挨拶をする間にも、ルネは思っていた。

ドナルドの言い分が、正しい。

今朝、車の中でリュシアンが「日本に行ってみたい」とこぼしていたが、それがいかに実現困難かを、ルネは実感したばかりなのだ。まして、ルネがリュシアンの友人としてアルトワ王国を訪れるなど、この先、一度でもあればいいほうだろう。

（……みんな、治外法権をなめるなよ）

ルネが若干ずれたことを心密かに思いながらパンを食べていると、シチューを口にしたアルフォンスが突然変な顔をし、慌てでなにかを吐きだした。気のせいか、その一瞬、彼の口の中で「ゴリ」という硬いものを嚙《か》むような音がした。

「——なんだ、これ？」

吐きだしたものをフォークの先でつつくアルフォンスに、ルネたちが一斉に顔を寄せながら尋ねる。

「どうかした、アル？」

「なにか、変なものでも入っていたとか？」

当然、全員の頭に浮かんだのは、歓迎せざる害虫の死骸《しがい》であったが、幸い、そこにあったのはそういうおぞましいものとは違う、なんらかの固形物だった。

「……指輪？」

覗《のぞ》き込んだエリクが推測し、フォークで転がしたアルフォンスが、「ああ、たしかに」と認める。

「指輪みたいだな」

そこで、コップを取りあげて水をかけると、それは金台にオレンジがかった赤縞瑪瑙《サードオニクス》のはまった指輪であるのがわかる。脇には、エメラルドと思《おぼ》しき緑色の小さな宝石も添えられている。

「だけど、なんでこんなものが……」

不審げに言いながら、アルフォンスが指輪を手に取る。

そうして初めて全体像が露《あらわ》になったのだが、赤縞瑪瑙《サードオニクス》の表面には人の顔が彫刻されていて、それを横から見たルネは、仰天した。

その指輪に見覚えがあったからだ。

（嘘《うそ》、これって――）

間違いない。

秋学期の終わり頃、「女神からの返礼の品」があると夢で告げられ、早朝、まだ暗い中をわざわざ「聖母の泉」まで取りに行き、そこで手に入れた小箱に入っていた指輪だ。

あのあと、うっかり落としてしまい、結局見つけられずにいたあの指輪が、なぜアルフォンスが食べているシチューの中から出てきたりするのか。

訳がわからない。

しばらく呆然《ぼうぜん》と、アルフォンスが手にする指輪を横から見ていたルネが、ややあって「それ――」となにか言いかける。

だが、はっきりと主張する前に、彼らの近くにいた生徒の一人が、アルフォンスを見舞った災難に気づき、唐突に大声で言い出した。

「――おい。それって、サモス王の指輪じゃないか⁉」

アルフォンスを始めとする四人の視線が、生徒のほうに向けられる。ネクタイを締めているので、相手は第四学年から第六学年の生徒であるはずだが、ルネは、その顔になんとなく見覚えがあった。たしかではなかったが、以前、同じ食堂で、アルフォンスの悪口を言ったチッキットに同調して去っていった上級生である気がした。

「……サモス王の指輪？」

エリクが繰り返し、不審げに問いかける。

「なんですか、それ？」

「知らないのか」

蔑《さげす》むように応じた相手が、言い換える。

「正確には『サモス王の呪いの指輪』だよ」

「呪い……？」

不穏な言葉をルネが不安そうにつぶやいていると、その生徒は、居並ぶ生徒たちの好奇心を煽《あお》るように、さらに声を高くして叫んだ。

「みんな、聞いてくれ。──『サモス王の呪いの指輪』が出たぞ‼」

それに対し、少し離れたところに座っていたサミュエルが顔をあげ、騒動の中心にいる生徒をモルトブラウンの目で見つめる。

「『サモス王の呪いの指輪』……だと？」

その唇が静かにそうつぶやき、すぐに同じように少し離れた場所で顔をあげたセオドア・ドッティと探るような視線をかわした。

他にも、あちこちで顔を振り向けた生徒たちが、真剣な眼差《まなざ》しでその生徒の言葉に耳を傾ける。

一方、騒動の中心にいる生徒は、注目されたことが嬉《うれ》しいのか、酔《よ》い痴《し》れたような表情になって同じ言葉を繰り返す。

「サモス王の指輪だ。『サモス王の呪いの指輪』がふたたび現れた。──つまり、今、この瞬間から、指輪を引き当てたこの憐《あわ》れな第一学年の生徒に対し、女神の呪いが発動されたんだ！」

3

騒ぎの起きた昼食のあと――。

ルネとアルフォンスの部屋で、この部屋の住人である二人と隣人であるエリクとドナルドが輪になって問題の指輪を覗き込んでいた。

当然、気になっているのは、あの生徒が宣告した言葉だ。

「……呪いの指輪か」

アルフォンスに続いて、エリクが言う。

「あの人、たしか『サモス王』って言っていたように思うけど、それって、どこの王様？」

「サモスといえば、当然、ギリシャのサモス島のことだろう」

ドナルドが答え、アルフォンスが付け足した。

「歴史上でいえば、有名なピタゴラスの出身地だ」

「――ああ、なるほど」

納得したエリクが、小さくつぶやく。

「どこかで聞いたことがあるような気はしたんだ」

そんな中、一人黙ったまま指輪を見つめているルネは、当たり前だが、先ほどからひどく悩んでいた。なにせ、本来、その指輪を手に入れたのは自分で、呪われるとしたら、それは自分であってもおかしくないからだ。

ただ、そのことを話せば、畢竟《ひっきょう》、その経緯についても話さなくてはならなくなるため、どうしても口に出せずにいる。

利己的とそしられるかもしれないが、自分がこれまで経験したさまざまな事柄についてみんなに話す勇気は、まだない。話したところで、頭がおかしいと思われても仕方ないようなことばかりだからだ。

それにしても、なぜ、ルネが落とした指輪がアルフォンスの食べていたシチューなんかに入っていたのか。

いや、それ以前に、なぜ「呪い」などという不穏な指輪を、女神は寄越したのか。

(……もしかして、僕はどこかで女神を怒らせるようなことでもしたんだろうか?)

考えてみるが、まったく心当たりはない。

そもそも、ターコイズの一件が一段落したあとは、例の「女神からの返礼の品云々《うんぬん》」というおかしな夢を見るまで、ルネの生活は至ってふつうで平穏だったのだ。

褒められることもしていなければ、怒らせる余地もなかった。

(それとも……)

ルネは、考える。

(これには、なにか別の目的があるのだろうか――？)

あったとしても、それがなにかさっぱりわからないまま、ルネは黙って仲間たちの会話に聞き入る。

「だけど、それなら、『サモス王の呪いの指輪』ってなんなんだろう。――誰か、なにか知ってる？」

エリクの言葉に、ドナルドとアルフォンスがチラッと顔を見合わせた。この学校の創立者集団である「サンク・ディアマン協会」に名を連ねる家の子息である彼らは、通常の生徒たちよりは少しだけこの学校の事情に通じている。

ややあって、ドナルドが言った。

「たぶん、アルは知っていると思うけど、僕が聞いたことのある話は、その指輪の由来についてだ」

「由来？」

「そう」

うなずいたドナルドが、説明する。

「まず、この話の土台は、一般にも流布している一つの伝説にあるんだ。その伝説というのは、たしか、こんなだったと思う」

そう前置きしたドナルドが、人さし指をあげて話し出す。

「紀元前六世紀頃のサモス島の王にポリュクラテスという男がいたんだけど、彼はとにかく運に恵まれ、やることなすことすべてがうまくいき、莫大《ばくだい》な富を築くことができた。それで、友人の一人から『こんなに幸運だと女神に嫉妬《しっと》されるかもしれないから、なにかしら幸運に見合った貢ぎ物をしたほうがいい』と忠告され、彼は、なにを考えたのか、その忠告を受けて瑪瑙《アゲート》――一説によると、それは赤縞瑪瑙《サードオニクス》だったと言われているけど、とにかく指輪を一つだけ海に投げ入れたそうだよ」

「え、一つだけ？」

目を丸くするエリクに、ドナルドがうなずきかける。

「そう。一つだけ」

「ずいぶんとケチくさくないか？」

「女神もそう思ったようで、ある日、ポリュクラテスが食べていた魚の腹から、彼が投げ入れた指輪が出てくるんだ」

「もしかして、女神が突き返してきた？」

「当然そうだろう。――で、女神を怒らせた彼は、それからすぐに、裏切りにあって惨殺されてしまう」

「うわ、バカだな。ケチるから」

エリクが顔をしかめて感想を述べる。

それに対し、ドナルドが「で」と話を進めた。

「ここからが、実際にこの指輪にまつわる話なんだけど、どうやら、この赤縞瑪瑙《サードオニクス》の指輪こそ、かつてポリュクラテスが海に投げ込んだ指輪ということらしく、表面に彫刻されている顔は、彼が死んだ時のその恐怖が写し取られたものだと言われているんだ」

「――え、まさか？」

驚いたエリクとルネが顔を見合わせ、エリクが「本当に？」と確認する。

それに対し、ドナルドが「さあ」と曖昧に応じた。

「あくまでも、言い伝えだから」

すると、それまでドナルドが説明するに任せていたアルフォンスが、「だが」と続きを引き取った。

「実際、指輪の呪いとしか思えない出来事が、この学校で起こったんだよ」

「指輪の呪いとしか思えない出来事？」

「どんなこと？」

興味を引かれたルネとエリクが口々に言い、アルフォンスが説明する。

「もともと、この指輪は、ある生徒が休み中にローマの怪しげな骨董店《こっとうてん》で購入したものらしく、その際、店主から、さっきドニーが言ったような逸話を聞かされた。その上で、この指輪にはサモス王にかけられた呪いがそのまま残っているので、『もし、君がこっそり料理に潜ませて、誰かがその指輪を引き当てると、その人物は、サモス王のように呪われることになる』と言われたそうだ」

「それは、たしかに怪しげな店だな」

エリクの感想に、ルネも「本当」と同意する。呪いの掛け方などを伝授して商品を売るなんて、きっとロクな店ではない。

アルフォンスが、「だが」と先を続けた。

「彼は、そうは思わなかったみたいで、その話を聞き、面白いからと、学校が始まってすぐ、友人の食べ物の中に潜ませたんだ。それで、今回の俺に起こったように、指輪が発見されたところで『呪いだ』と騒ぎ立てた」

「ああ、同じだね」

ルネが言い、エリクが付け足した。

「そういう悪戯《いたずら》は、今も昔もやりそう」

思春期の少年たちというのは、とにかく悪戯が大好きで、そのためなら多少の苦労も厭《いと》わない。同じ情熱を勉強に傾けたら、どれだけ成績があがるだろうと、誰もが頭ではわかっていても、やっぱり悪戯は止《や》められない。

アルフォンスが、「もちろん」と続ける。

「悪戯をした生徒は、本当にただ友人をからかうつもりで、その場も盛り上がって終わったそうなんだが、それから間もなく、その友人が落雷で命を落とすこととなり、指輪の言い伝えは言い伝えでなくなった——」

「つまり、本当に呪われた？」

エリクの確認に、アルフォンスが質問で返す。

「お前は、どう思う？」

「わからないけど、もし本当に呪われたのだとしたら、大変じゃないか、アル」

焦ったようにエリクが続ける。

「こうして、新たに指輪を手にした君にも、あの上級生が言っていたように呪いが発動されるかもしれないってことだろう？」

「まあ、そうだな」

認めたアルフォンスの横で、ルネがおそるおそる訊く。

「それで、その呪いの解き方というのはわからないわけ？」

「さあ」

アルフォンスが肩をすくめながら応じて、ふたたびドナルドと視線を合わせる。

それから、ゆっくりとルネに視線を戻し、「たぶん」と告げた。

「それについて、現在この学校で一番詳しいのは、ルネ、お前の親戚だろうよ」

「――え？」

驚いて自分の顔を指で示したルネが、「もしかして」と確認する。

「それって、サミュエルのこと？」

「そう。――他でもない『サンク・ディアマン協会』に名を連ねる一族であり、かつこの学校に来て長い彼なら、俺たちなんかより、もう少し詳しい話を知っているはずだ」

4

「そろそろ、来る頃ではないかと思っていたよ」

ダイヤモンド寮の特別棟にある自室でルネとアルフォンスを迎えたサミュエルは、そう告げると、彼らのために大きく扉を開けてくれた。

リュシアンの部屋と同様、サミュエルの部屋も驚くほど広く、海外セレブの泊まるホテルのスイート並みに豪奢《ごうしゃ》だった。

ゆえに、圧倒されるし、ルネにとって、ここは完全に別天地である。

当然、ここに来るまでの道々、ルネはかなりおっかなびっくりであったし、急に訪ねていっても大丈夫なのかと心配していたのだが、前を歩くアルフォンスはまったく臆《おく》することなくずかずかと特別棟に足を踏み入れた。

まるで、ここここそが、彼の本来の居場所であるかのような勝手の知りようである。

ちなみに、冬学期の初日である今日は、生徒たちの移動日に当てられているため、授業やその他の行事はいっさい予定されておらず、終日自由行動になっている。

そんな中、食事だけはいつも通り提供されるため、それ以外の時間を、生徒たちはおのおの荷物の片付けや授業の予習復習、あるいは久々に会った友人とおしゃべりして過ごす。そして、大半の生徒がこのおしゃべりに多くの時間を費やした。

アルフォンスが、室内に入りながら言う。

「ということは、当然、訪問の理由もわかっているということだな？」

上級生に対する口の利き方とも思えないが、サミュエルは小さく苦笑したくらいでアルフォンスを受け入れる。

「そうだね。——だから、僕のほうでも、少し調べておいたよ」

二人をホテルにあるような立派なソファーに座らせ、カプセルのようなものをセットするだけで紅茶やコーヒーが自在に飲める便利なマシンでカフェオレを淹《い》れてくれたサミュエルが、それを二人の前に置きながら続ける。

「ああ、そうそう。先に確認しておくけど、デュボワ、君のお父上からは、この件でなにか連絡はなかったのか？」

「——おやじ？」

わずかに眉《まゆ》をひそめて応じたアルフォンスが、すぐに「いや」と短く答える。

「うんともすんとも言ってこない」

「へえ」

彼らの前のソファーに座り、自分で淹れたコーヒーに口をつけたサミュエルが、どこか同情するように続けた。

「いちおう、君が問題の指輪を手にしたことはすでにご存知のはずだけど、なにも言ってこないということは、このまま静観なさるおつもりなのかな。……でも、だとしたら、相変わらず、デュボワ家は子どもに対して厳しいと言えそうだ」

家系に対するそんな感想に対し、オレンジがかった琥珀色の瞳でサミュエルを睨んだアルフォンスが険呑《けんのん》に言い返す。

「——だったら、なんだ？」

「別に。そう思ったから言っただけで、深い意味はない」

「なら、余計なことを言うな」

ルネたちに言うように命令口調になったアルフォンスに対し、さすがにサミュエルも一言言いたくなったらしい。

「——なあ、アルフォンス」

とっさにファーストネームで呼んだのは、親しみを示してだろう。

かように、先ほどからの会話を聞いている限り、親戚とはいえ、ここに来るまで会ったこともなかったルネなんかより、アルフォンスのほうがずっとサミュエルと慣れ親しんでいる。ただし、それは決して仲が良いという風ではなく、互いに牽制《けんせい》し合うような緊張感をはらんだものだった。

「君がなにをそんなに意気込んでいるのかは知らないけど、この先、社会で成功しようと思うなら、その口の利き方は直したほうがいい」

「そんなの、必要ならいくらでも丁寧に話せる」

反抗的にアルフォンスは言い返すが、サミュエルはモルトブラウンの目を細めて「だが」と諭した。

「まわりをよく見たらわかることだが、ふだんのその人間の有り様というのは、自然と態度や物腰ににじみ出るものだからな。——つまり、目上の人間に対してそんな口の利き方を続けていれば、いずれは、どれほど取り繕っても丁寧さが浮くような傲慢《ごうまん》な人間になるだろう」

たしかに、そうかもしれない。

ルネにしてみたら、サミュエルの言い分は百パーセント正しいように思えたのだが、アルフォンスは耳を貸す気がないらしい。

「ご忠告をどうも」

なんとも鬱陶《うっとう》しそうに応じたあと、「そんなことより」と、手前勝手にここに来た当初の目的に話題を切り替える。

「『サモス王の呪いの指輪』について、知っていることがあるなら教えてくれ」

「聞く耳はなしか。——ま、いいがね」

サミュエルはあっさり諦《あきら》めると、「知っての通り」と説明し始める。その切り替えの早さに、ルネは大人に近づいた青年の成熟を感じた。ただ、すべての生徒がサミュエルのように割り切れるわけではなく、このまま いったら、いつか、アルフォンスが痛い目をみるのは明らかだ。

ルネの想《おも》いを余所《よそ》に、サミュエルの話は続いた。

「君が奇妙な形で手に入れた指輪は、ひょんなことからこの学校にやってきたあと、ある事件を境にずっと行方不明になっていたんだが、ある事件というのは、デュボワならわかるな？」

「もちろん」

うなずいたアルフォンスが「例の」と、先ほど部屋でしていた話を繰り返す。

「この指輪を手にした生徒が、落雷で命を落とした件だろう？」

「そうだ」

「だけど、今の言い方だと、その時以来、この指輪はずっと行方不明になっていたってことのようだが？」

そのことは知らなかった様子のアルフォンスに、サミュエルが「ああ」とうなずいて教える。

「噂では、落雷による死亡事故のあと、時の総長が——指輪の購入者という説もあるんだけど——、とにかく、どちらかが、これ以上生徒に禍《わざわい》が降りかからないようにと、こっそり『聖母の泉』に投げ捨てたらしい」

「――え、『聖母の泉』？」

ルネが驚いて口をはさんだので、サミュエルが視線を移して尋ねる。

「そうだけど、『聖母の泉』を知らない？」

「あ、知っています。――ただ、そんなところに返したのかと思って」

もし、それが事実なら、指輪が例の小箱に入っていたのは、意図されたのではなく偶然だったのかもしれない。

泉を通じて返礼の品を渡す際に、たまたま紛れ込んだ。

なにせ、最初に指輪が入っていた小箱は、同じ泉の中から湧《わ》いて出たのだ。――正確には、泉の中からニョキッと生えた手が渡してくれたのだが、どちらであれ、可能性がゼロではない。

（もちろん、どうしてそうなったのかは、わからないけど……）

考え込むルネの前で、サミュエルとアルフォンスが会話を続ける。

「その後、それを知って指輪を取り戻そうと『聖母の泉』をさらった生徒や学校関係者がいるにはいたんだが、結局いくら捜しても見つからなかったそうだ。それで、あれが自然に湧き出る泉であることを考え、誰もが流水口から流されてしまったのだろうと結論づけた」

「なるほど。それで、言い伝えだけが残されたってわけか」

「そういうことだよ」

アルフォンスが、「だけど、それなら」と問う。

「なんで行方不明になっていたものが、俺のシチューの中から出てきたりするんだ？」

「さあ」

両手を開いて肩をすくめたサミュエルが、答える。

「それについては、調査中だ。──言っておくけど、今回のことで驚いたのは君だけではない。僕たちも同じだ」

そう断ったあとで、「誰が」と言う。

「指輪を食べ物の中に入れたのか。もし、故意に入れたのだとして、その人物はどうやって指輪を手に入れることができたのか」

アルフォンスが推測する。

「もしかしたら、その『時の総長』か『指輪の購入者』が隠し持っていて、密かに受け継いできたのかもしれない」

「どうだろう。──もちろん、それについても現在照会中だが、まあ、おそらく違うだろうな」

「ふうん」

アルフォンスが拍子抜けしたように相槌《あいづち》を打つ。推測に自信があったようだが、それがあっさり否定されたからだろう。

そんな中、ルネの場合、調べずとも、最後の疑問だけは答えがわかった。——アルフォンスのシチューに指輪を潜ませた人物が、どうやってそれを手に入れたか。

ルネが落とした指輪を拾ったのだ。

さらに言えば、もともとは、一度「聖母の泉」に返された指輪が、故意か偶然か、同じ泉を通じてこの世にふたたび戻ってきた。

だが、やはり口に出してはなにも言えない。

仕方なく、会話が途切れたところで、ルネが「それなら」と一番肝心なことを尋ねる。

「指輪の呪いを解く方法というのは、伝わっていないんですか?」

そもそものこととして、ここにはそれをたしかめに来たのだ。

もちろん、サミュエルもそのことはわかっていて、コーヒーを飲みながら小さく笑って応じる。

「呪いを解く方法ならあるよ。——少なくとも、これだろうというのは、しっかり伝わっている」

希望に満ちた答えを聞き、ルネが顔を輝かせてアルフォンスのほうを見る。当然、アルフォンスも少しホッとした様子だ。

そんな二人を前にして、サミュエルが「ただし」と人さし指をあげて注釈をつけた。

「その方法というのは、指輪の言い伝えに含まれていたわけではなく、まったく別のところに見出《みいだ》せ、しかも難解だ」

「まったく別のところ？」

意外そうなルネに対し、アルフォンスが「あんたが言う」と指摘する。

「別のところというのは、例の『賢者の石』探しに関連する資料かなにかだな？」

「その通り」

あっさり認めたサミュエルが、「つまり」と言い換えた。

「君が手にした指輪は、呪いの指輪であると同時に、失われていた『賢者の石』を探すための次なるヒントにもなり得るということだ」

5

「『賢者の石』を探すための次なるヒント——？」

驚いたルネが、無意識にアルフォンスのほうを振り返ってから、ふたたびサミュエルに向き直って確認する。

「この指輪が……ですか？」

「そうだ」

うなずいたサミュエルが、ルネだけを見て告げる。

「いい機会だから、ルネに少し説明しておこう。——デュボワには、若干退屈な話になるだろうが、構わないな？」

「もちろん」

応じたアルフォンスが、腕を組んで脇に引く。

やはり、この二人は、思っていた以上に親密であるらしい。

サミュエルが、「ルネは」と言う。

「そもそも、なぜ、この学校に『賢者の石』があると考えられていると思う？」

「……さあ、わかりません」

ときまきしながら応じたルネに、予想していたらしいサミュエルが、すぐに「理由は」と教える。

「かつて、『賢者の石』の秘密を抱えてこの地にやってきた人物がいたからなんだ」

「『賢者の石』の秘密を抱えてこの地にやってきた人物？」

それは、いったい誰なのか。

興味を引かれるルネに、サミュエルが訊く。

「君は、『ニコラ・フラメル』という名前に聞き覚えはないか？」

「ニコラ・フラメル？」

少し考えてから、ルネは申し訳なさそうに下を向いた。

「すみません。わかりません」

「……ああ、まあ、君は日本人だから。ちなみに、フランス人には、そこそこ馴染《なじ》みのある名前なんだけど」

わずかに落胆した口調で応じたサミュエルが、気を取り直して説明してくれる。

「ニコラ・フラメルは、十四世紀から十五世紀にかけてパリで活躍した伝説的な錬金術師なんだ」

「錬金術師――」

驚いたルネが、「本当に」と尋ねる。

「錬金術師がいたんですか？」

「いたというか……」

サミュエルは、なんとも複雑そうな表情になって答える。

「君が訊いているのが、実際に『金を生み出した錬金術師』という意味なら、僕としては正直『ノン』と言うしかないだろうが、ただの錬金術師なら、歴史上ゴロゴロいるよ。それは、さすがの君でも知っているだろう？」

「ああ、まあ、はい」

言われてみれば、万有引力の父であるアイザック・ニュートンだって、錬金術師だったと考えられているのだ。

納得するルネに、「ただし」とサミュエルが事実を覆すような注釈をつけた。

「ニコラ・フラメルが他の錬金術師たちと一線を画して語られるのは、伝説として彼が本当に『金を生み出した錬金術師』であると考えられているからなんだ」

「え？」

目を丸くしたルネが、「それなら」と改めて尋ねる。

「その、『金を生み出した錬金術師』だったかもしれないニコラ・フラメルが、伝説といわれている『賢者の石』を持ってこの地にやってきたんですか？」

ルネの確認に対し、サミュエルは断定を避けた。

一言ったように、そういう説があるということだよ」

つまり、事実かどうかは定かでないのだろう。

サミュエルが「その根拠となっているのが」と続ける。

「十七世紀、パリで彼のことを研究していた一人の修道士が見つけた、まだ世に出ていなかった彼の著書だ」

「ニコラ・フラメルの著書？」

「ああ」

うなずいたサミュエルが、「ただ、残念ながら」と説明する。

「その著書自体は、十七世紀から現在まで、一度も表に出てきたことはない」

「え、どういうことですか？」

当然、ルネは混乱する。

ニコラ・フラメルという人物が、この地に「賢者の石」を持ってきた。

そのことが書かれた著書が見つかってわかったことだが、その著書自体は、実在が証明されたわけではない。

それなら、ニコラ・フラメルがこの地に来たと信じる理由はなんなのか？

まるで、なぞなぞのようである。

混乱したまま、ルネが尋ねる。

「一度も表に出てきたことがないのに、そんな著書があったって、なぜわかるんですか?」

「そうだね」

矛盾とも取れる事柄をあっさり認めたサミュエルが、説明を続けた。

「君の言う通り、結構曖昧な話ではある。——ただ、歴史的事実を探る仮定なんて、常にそんなものだろう」

「そうなんですか?」

「なんといっても、十五世紀に印刷技術が誕生するまで、著書というのは手書きの一冊が存在するだけで、写本を作ることで数は増えるものの、それにも限界があった。——つまり、基本はこの世にたった一冊しかない本であれば、あとに残ることのほうが珍しいわけで、問題のニコラ・フラメルの著書も、その修道士——ピエール・グロスパルミと名乗っているんだが、彼が自分の著作の中で見たと言っているだけで、現実に存在したかどうかはわからない」

「へえ」

ある本の実在を証明するのが、誰かが「見た」と告げた一言であるというのは、かなり心許《こころもと》ないことである。でも、それを信じて研究を続ける人間も、世の中には大勢いるということだ。

これまで考えもしなかったことに、ルネは面白そうに相槌を打つ。

もっとも、それをひとまず事実と認めたとして、「サモス王の呪いの指輪」は、いったいどう繋《つな》がってくるのか。

不思議に思うルネに、サミュエルが「それで」と本題に戻って言う。

「『サモス王の呪いの指輪』の件だが、この学校の図書館には、その十七世紀にニコラ・フラメルの著書を見つけたと主張する修道士ピエール・グロスパルミが残した著作が一部欠損した状態で残されている。この著作は、我々の先祖が秘密裏に保持してきたため、一般にはほとんど知られていないし、その著作自体は、展開されている内容からしてもあまり意味をなさないんだが、問題は、そこに載せられていた寓意図《ぐういず》なんだ」

「……寓意図？」

あまり馴染みのない言葉をルネがつぶやく前で、サミュエルが「そう」とうなずいて先を続けた。

「我々の先祖たちは、その寓意図こそが、もともとニコラ・フラメルの著書にあったもので『賢者の石』のヒントを示しているのではないかと考えた。――というのも、寓意図については、『象形寓意図の書』という、やはり十七世紀に見つかったとされるニコラ・フラメルに帰せられる別の有名な本があって、寓意図とニコラ・フラメル、さらには『賢者の石』とは切っても切れない関係にあるからだ」

ルネが、やはり覚束《おぼつか》ない様子のまま尋ねる。

「……それで、その寓意図というのは？」

ルネはあくまでも一般的な説明を求めたのだが、寓意図そのものについて尋ねられているとは思わなかったらしいサミュエルは、「今から見せるよ」と言いながらテーブルの上に置いてあったタブレットを取りあげ、具体的な一枚を示した。

「これは、寓意図の中の一つで、サモス王が指輪を海に投げ入れるところを描いたものだと、我々は解釈している」

言われてルネだけでなく、アルフォンスも一緒に画面を覗き込む。

すると、そこには、古びた紙に赤茶けたインクでなんとも味のある――、だがとても稚拙な絵が描かれた本の一ページを撮った写真があった。

（ああ、なるほど。これが寓意図――）

不案内だったルネであるが、「百聞は一見にしかず」のことわざ通り、そのものを見た瞬間に、寓意図のなんたるかを理解した気がした。

絵としては稚拙であっても、そこにはなにか深い意味がありそうな構図。

問題の絵はというと、上段に王らしき男がいて、現実の縮尺的にはあり得ないほど大きな指輪を投げようとしている。そして、下段との境には斜めに波線が数本描かれていて、おそらく日本の絵巻物の霞《かすみ》のように、その線を引くことで一枚の絵の中の時空を分けてい

るのだろう。

そして、下段には、女神のような女性が指輪を手にした姿が描かれている。

さらに、最上部には、巻物形の囲いの中にタイトルらしきものが古い書体で書かれているのだが、ラテン語であるらしく、ルネには読めない。

「……これ、なんて書いてあるんですか？」

ルネが尋ねると、サミュエルは画面をスライドしながら教えてくれた。

「『王の慢心』という意味だ。そして、こっちが『傲慢への返礼』だな」

そう言って示された二枚目の絵には、上段に食事をする王がいて、やはり波線で仕切られた下段には、魚の腹の上に先ほどと同じ指輪が描かれている。

見て明らかであるが、それらすべてが、ルネが聞いたサモス王にまつわる伝説と合致している。

顔をあげたアルフォンスが、訊く。どうやら、彼は、寓意図の存在は知っていても、詳しい内容については知らなかったようだ。

「これって、当然、続きがあるんだよな？」

先ほどのサミュエルの話から考えると、これが指輪の呪いを示したものであるなら、その呪いを解くヒントが描かれた寓意図もあるはずだからだ。そして、ルネとアルフォンスが求めているのは、まさにそれだった。

「もちろん」

サミュエルは言い、三枚目を見せるために画面をスライドさせた。

「そもそも、この寓意図は、三枚が一組になっていて、それが全部で七組あるといわれているんだが、残念ながら三枚が完璧《かんぺき》に揃《そろ》っているのは、この組だけだ。——そして、問題の三枚目はこれ」

その言葉とともに画面に映し出されたのは、前の二つとまったく同じ画風で描かれた一羽《わ》の大きな鳥だった。

それが口に宝石をくわえ、その脇に、山の上に立つ青年の姿が描かれている。

先ほども述べたように、これらの絵の中では、すべてのものの縮尺が現実とはかけ離れていて、三枚目の寓意図の場合は、鳥に比べて人間の姿がとても小さい。

「……えっと、これは、なにを意味したものなんですか？」

ルネは、当然答えがあるものだと思っていたが、サミュエルは「さあ」と言ってあっさり首をひねった。

「わからない」

「わからない？」

びっくりしたルネが、チラッとアルフォンスを見ると、彼は別段驚いた様子もなく肩をすくめた。

「たしかに、わかっていたら、誰も苦労しないな。――これが、ただ呪いを解くために存在するものではないことは、さっき、サミュエルが言っていただろう?」

「さっき?」

戸惑いながらルネがサミュエルを見れば、彼も肩をすくめて「そういうことだよ」と答えた。

だが、そう言われてもわからなかったルネが、恥を忍んで訊き返す。

「え、どういうことですか?」

「だから、この図がなにを示しているのかはわかっていない。上部のタイトルには『女神の呪いを解くものはなにか?』とあり、それについて、これまでも、この寓意図を見た者たちがそれぞれさまざまな憶測をしてきたものの、真の答えを導き出した者はいない。――というより、これに先行する『ホロスコプスの時計』の謎《なぞ》を解くことに熱中していて、これについてはあまり考えてこなかったと言えるだろう」

「あ、そうか!」

言われて初めて気づいたルネが、「それなら」と確認する。

「『ホロスコプスの時計』についても、寓意図が存在するんですね?」

「もちろん。さっきも言ったように三枚揃っているのはこれだけだが、『ホロスコプスの時計』には、二枚の寓意図が存在しているので、興味があるなら、そのうち閲覧許可を取って見てみるといい」

そう告げたサミュエルが、「とにかく、今は」と続けた。

「デュボワのためにも、この三枚目の寓意図が告げているものを見つける必要があるのだろう」

「――そうですね」

納得したルネは、一度頭の中で状況を整理する。

アルフォンスが手にした「サモス王の呪いの指輪」は、誰かが購入した時点で「呪い」の部分だけがクローズアップされてしまったが、サミュエルの話では、もともと、この寓意図に示される「賢者の石」に近づくための問いかけがあり、「呪い」については、それを利用した誰かが悪戯のつもりで、実際に呪いを発動させてしまっただけなのだ。

(――あれ、でも)

ルネは、ふと不思議に思う。

(だとしたら、呪いを発動したのは誰なんだろう?)

サモス王の伝説が、あくまでも「賢者の石」に近づくヒントの一部でしかなかったのなら、実際に指輪が誰かを呪うなんてことはないはずなのに、こうして呪いは発動されてしまった。

(それとも)

ルネは考える。

（落雷による死亡事故はただの偶然で、本当は呪いなんてものは存在していないのだろうか？）

それならそれで、この先、アルフォンスの身になにか起きることはないわけで、ルネはちょっとだけホッとする。

とにかく、このままなにも起こらなければ、それに越したことはない。

（それに、そもそも――）

ルネが、思いついたことを尋ねる。

「指輪と寓意図は、あくまでも別々に存在していたということですよね？」

「――その通り」

ルネを見て認めたサミュエルが、「この指輪が」と教える。

「最初に現れた時は、我々の先祖も驚いたようだ。まさに、寓意図の示す指輪といえるものだったからな。それで、落雷による死亡事故のあと、誰かが『聖母の泉』に投げ捨ててしまった指輪をなんとしても捜し出そうとしたようだが、無駄だった。どんなに捜しても指輪は見つからず、彼らは諦めて、ひとまず『ホロスコプスの時計』の謎に集中することにしたらしい」

それに対し、アルフォンスが言う。

「だが、こうして指輪はふたたび現れた」

「そう」

「しかも、『ホロスコプスの時計』が動き出した直後に、だ」

「その通りで、実際、僕たちも非常に驚いているし、注目しているんだよ、デュボワ」

そう言った時の口調には、どこか悔しがっているような色があった。あるいは、疑念のようなものか。

もしかしたら、サミュエルは、問題の指輪を手にしたのが、他でもない永遠のライバルともいえる「デュボワ家」のアルフォンスであることを羨《うらや》み、また、彼が「賢者の石」に一歩近づいた人間であると疑っているのかもしれない。

サミュエルが、なにかを見透かすようにモルトブラウンの目を細め「とはいえ」と続ける。

「君はわかっているだろうが、例の『ホロスコプスの時計』が動かせた暁には、我々は一歩『賢者の石』に近づけるはずだったのに、現実はといえば、あれがどうして動き出したのかもわからないまま、こうして新たな謎の中に放り込まれて右往左往しているに過ぎないわけで、この意味するところは、大きいぞ」

「――わかっているさ」

自嘲《じちょう》するように口元を歪《ゆが》めたアルフォンスが、「この騒ぎの陰で」と続けた。

「着実に『賢者の石』に向けて前進している人間がいるってことだからな」

その言葉でドキッとしたルネが、戸惑いを隠せずに二人を眺める。

先ほどからずっと話題にあがっている「ホロスコプスの時計」を動かしたのは間違いなくルネだし、今問題となっている「サモス王の呪いの指輪」を受け取ったのも、もともとはルネである。

つまり、すべての流れの中にルネは存在しているわけだが、それらは、成り行き上仕方なくであって、決して「賢者の石」を求めてのことではない。

(これって、どういうことだろう……?)

考えるが、わからない。

それに、聞く限り、寓意図の話はあくまでも後付けであって、この指輪が絶対に「賢者の石」に近づくヒントであるとはいえない。

(ああ、なんだろう……)

なにかが微妙にずれているような齟齬感《そごかん》を拭《ぬぐ》えない。

なにかが変だ。

なのに、それがなにかがわからない。

そして、そうなると、ルネはサミュエルたちとは違う観点で、「賢者の石」へのヒントとされる寓意図に興味が湧いてくる。

W.H. ホワイトハート 2021 11
新刊案内
二人の愛が
ここに結実!
BL
ブライト・プリズン
学園の薔薇と純潔の誓い
犬飼のの
イラスト 彩
定価:990円(税込)
初版限定特典!! 書き下ろしSSつき!
淫縦な龍神に乗っ取られた常盤の体を取り返すため、前世で暮らしていた島に向かう薔と王鱗学園の仲間たち。歪められた伝説の真相が、遂に明かされる!!

BL

の始末、Dr.の品格

生かなめ

ラスト 奈良千春

価：902円（税込）

馴染みの橘高清和と再会して一年あまり。眞鍋組の若き二代
である清和は、氷川諒一の運命の恋人にして生涯の伴侶と
ったが……。《龍＆Dr.》シリーズ、真の完結へ！

ファンタジーミス
傲慢な王と呪いの指輪
サン・ピエールの宝石迷宮
篠原美季
イラスト サマミヤアカザ
定価：858円（税込）
11月／12月
二カ月連続刊行！
ルネが泉の女神から与えられた宝石箱。その中に入っていたのは、手にした者に厄災を与える「サモス王」の指輪だった。果たして、危険な呪いは発動するのか……？
初版限定特典!! 書き下ろしSSつき!
サン・ピエールの宝石迷宮
シリーズ第1弾　大人気発売中!
『サン・ピエールの宝石迷宮

いったい、寓意図とはなんなのか。

そして、自分は、これからなにをすることになるのか――。

そんなことを思うルネの前で、アルフォンスが言った。

「ただ、右往左往といっても、俺は、『ホロスコプスの時計』を動かしたのが失われていたあのターコイズであったのなら、同様に、あの指輪のくぼみの部分にも、かつてはそこにあって、現在は失われている石があり、それを見つけてはめ込むことで、『賢者の石』に近づく次なるヒントが手に入るのではないかと考えている」

「ああ、それはそうだろうね」

どうやら、そのあたりの推測はサミュエルの中でもすでになされていたようで、すぐに「問題は」と応じた。

「その石を見つけるには、どうしたらいいか――」

結局、一通りの話を終え、今はそれ以上サミュエルから得ることがないとわかったところで、二人は礼を言い、彼の豪奢な部屋をあとにした。

6

「――『賢者の石』ねえ」

サミュエルの部屋から帰る道々、そうつぶやいたルネの口調がなんとも複雑そうであるのを敏感に察したらしいアルフォンスが、こちらを見おろし、「お前」と若干険呑に問いかけた。

自分が信じていることを否定されるのは、彼の高い自尊心が許さないのだろう。

「もしかして、まったく信じていないとか？」

「あ、ううん」

慌てて否定したルネが、「信じていないわけではないけど」と言い訳する。

「なんだろう。……それがなにを指しているかがあまりにわからなすぎて、実感が湧かないというか、う～ん、歯がゆい感じ？」

とたん、アルフォンスが、「アホか」と横からルネの頭を小突いて告げた。

「それを言ったら、聖杯も同じだろう」

アルフォンスとしては的確な喩《たと》えのつもりだったのだろうが、西洋の歴史にいささか疎いルネは、驚いたように「え？」と訊き返す。

「聖杯？」

「ああ」

「でも、聖杯って、磔刑《たっけい》のキリストの血を受けた器のことだよね？」

　つまり、ルネにとっての「聖杯」は、木製とか金属製とか豪奢とか質素などの違いはあっても、「賢者の石」とは違い、どちらかというとはっきりと形状を思い浮かべることができるものだった。

　アルフォンスが認める。

「ああ、まあ、狭義の意味ではそうだが、アーサー王伝説なんかにまで話を広げると——」

　だが、説明の途中で面倒くさくなったらしく、アルフォンスは、「いや、いい」と話を打ち切った。

「とにかく、その正体がよくわからないからこそ、聖杯も『賢者の石』も人々を熱狂させるんだろう」

「正体がわからないから……」

　ルネが、その言葉をしみじみと繰り返す。

　たしかに、人は謎に惹《ひ》かれる。

　人間同士も、すべてが明らかな状態より、多少謎めいていたほうが魅力的に見えるものであった。

そんなことを思うルネに、アルフォンスが、「実際」と少々背筋がゾッとするような話をする。

「今でこそ、こんな学校を建てて資料を一ヵ所に集め、仲良く手を繋いで――まあ、腹の中は知らないが――、『賢者の石』探しをしている俺たちも、十七世紀から十八世紀にかけての狂乱の時代には、それらの資料を求めて、各家のご先祖様たちは血で血を洗う、かなり壮絶な奪い合いをしてきたらしいからな」

「血で血？」

「ぶっちゃけ、殺し合いだ」

「嘘！」

驚くルネに、アルフォンスは表情を変えずに「そんな」と告げる。

「驚くようなことか？」

「うん。だって、殺し合いだよ？」

「だが、今よりずっと非人道的であったあの頃なら、当然、人殺しも辞さない構えだっただろう」

「……怖」

若干蒼褪《あおざ》めたルネが、「だったら」と尋ねる。

「今しがたサミュエルから聞いた話は、もしかして、他ではしないほうがいいのかな？」

言ったあとで、おそるおそる付け足した。

「話したら、僕たちも殺されてしまうとか？」

「バカ」

短く応じたアルフォンスが、苦笑しながら否定する。

「そんなことあるわけないだろう」

「そうなんだ？」

「そもそも、資料は公開されていて誰でも閲覧できる。——ただ、外部の者は、理事会の承認が必要だったかな？」

若干覚束なげに言ったあと、「まあ」とアルフォンスは続けた。

「少なくともこの学校の生徒であれば、在籍して半年以上経《た》っていて素行などに問題がなく、なおかつラテン語が読める生徒なら、いちいち許可を得なくても閲覧できるはずだ」

「へえ」

知らなかったルネが、確認する。

「半年ってことは、まだ入学して数ヵ月しか経っていない僕たちは、見ることができない？」

「さっき、サミュエルが言っていたように、申請して許可がおりれば見られるが……」

そこで、オレンジがかった琥珀色の瞳でからかうようにルネを見おろしたアルフォンスが、「お前の場合」と痛いところをつく。

「在籍日数以前の問題として、ラテン語が読めないだろう？」

「……そうだった」

首をすくめたあとで、ルネがハッとしてアルフォンスを見あげる。

「え、まさか、アルはラテン語を読めるの？」

「多少は」

あっさり認め、「うちやデサンジュ家、ドッティ家などが」と家名をあげて説明する。

「一般の生徒より『賢者の石』探しで一歩進んでいられるのは、幼い頃からラテン語教育をされるなど、必要な知識を授かっているからだ。——もちろん、興味がなくてやらない人間も大勢いるが」

だが、アルフォンスは勉強した。

「すごいね」

ルネは感心し、「それなら」と尋ねる。

「アルは、すでに『賢者の石』について色々調べ始めているの？」

「いや、まだ」

そこで、遠くに視線をやったアルフォンスが「実際のところ」と説明する。

「俺の父や、その父——つまり俺の祖父なんかは、時代の流れもあって、もはや『賢者の石』などないものと考えていたようなんだ。伝説は伝説に過ぎず、『ホロスコプスの時計』は壊れたまま、修理のしようがないのだと諦めていた。——だから、いちおうこの学校は卒業したものの、正直、ここにある資料を検証することもほとんどしていなかったと聞いている」

「ふうん」

「それで、俺も、入学当初はあまり興味を持っていなかったし、たぶん、それはサミュエルやドニーの従兄弟も同じだろう」

そこで、視線をルネに戻し、「だが」と彼は声に力を込めて言う。

「奇跡は起きた」

察したルネが、いささか浮かない口調で応じる。

「『ホロスコプスの時計』が動いたこと？」

「そうだ」

認めたアルフォンスが、「誰も」と告げる。

「あれが動くなんて思ってみなかったわけで、でも、動いた以上、やはりここにはなにかあるのではないかという期待が高まった」

「……アルも？」

「当然」

認めたアルが、「俺は」と宣言する。

「この学校にいる間に、なんとしても『賢者の石』を見つけ出し、それで――」

言いかけたアルフォンスがふいに言葉を止めたため、ルネは気になって彼を見あげながら続きをうながす。

「それで、どうするの？」

だが、オレンジがかった琥珀色の瞳を伏せて考え込んだアルフォンスは、ややあって「いや」とつぶやくように否定すると、「なんでもない」とはぐらかした。

さらに、どこかふて腐れたような声で続ける。

「今のは、忘れてくれ」

「……え、でも」

ルネは気になって仕方なかったが、アルフォンスは素っ気ない。

「いいから、忘れろ」

「――わかった」

そうして、どこかぎくしゃくした空気を漂わせたまま二人が歩いていると、ふいにアルフォンスに向けて憎らしげな野次が飛んだ。

「これは、これは、呪われし男、アルフォンス・オーギュスト・デュボワじゃないか。急な天候の変化にはくれぐれも気をつけるんだな」

とたん、そちらに険呑な視線をやったアルフォンスが、チッと舌打ちして相手の名前を呼び返す。

「猿山の大将のチッキットか。つまらないことを言っててんじゃねえよ」

実際、猿山の大将のように、チッキットのまわりには数人の生徒が付き従っている。

「――誰が、猿山の大将だ！」

気を悪くした相手が近づいてくるのを、アルフォンスも身体《からだ》を向けて迎える。一触即発の空気に、ルネが慌ててアルフォンスの袖《そで》をつかんで止めた。

「喧嘩《けんか》は駄目だよ、アル」

だが、その声をかき消すように、チッキットが畳みかける。

「ま、どんなに意気込もうが、お前の悲惨な未来は見えているがね」

「なんだと？」

「だって、事実じゃないか。――サモス王は、傲慢さゆえに女神の怒りを買って身を滅ぼした。つまり、傲慢な人間を女神は見逃さないってことだよ」

それをまわりにいた生徒たちが「傲慢、傲慢」と囃《はや》し立て、アルフォンスに向けた野次が飛びかう。

「ごうつくばりのサモス王！」

「お前なんて、雷に打たれて死んじまえ」

「女神は見ているぞ！」

完全なイジメだ。

なにか言い返したいが、言ったところで火に油を注ぐだけという気がして、なにをどうしたらいいかわからずにおろおろするルネに対し、アルフォンスは毅然《きぜん》とした態度で言い返した。

「勝手に言っていろ。――だが、どう誤魔化そうが、真実は一つ。お前が俺に対してそうやって苛立《いらだ》っているのは、なにをやっても俺には敵《かな》わないとわかっているからだ。とどのつまりが、負け犬の遠吠《とおぼ》えだな」

「なんだと！」

怒りで真っ赤になったチッキットが、「ふざけんな！」と叫んで突進してくる。

それを機に、二人は取っ組み合いの喧嘩を始めた。

ルネはあとから知ったのだが、アルフォンスとチッキットは、入学時にルビー寮で同室となったが、こんな感じで最初の三日間で合計十回以上の殴り合いをし、史上最短で部屋替えが行われた因縁の二人であった。

そのことを教えてくれたエリクの話だと、二人とも負けず嫌いで血気盛ん、しかも、どちらかというと人の上に立ちたがる――少なくとも人の指図を受けるのは大嫌いな性格をしているため、当然の結果であったということらしい。

ある意味、似たもの同士なのだ。

だから、この衝突も避けられないものであったし、その上、まわりの生徒は止めるどころか煽って囃し立て、騒ぎはどんどん大きくなっていく。

おかげで見物人も膨れあがり、焦ったルネは、取っ組み合いの喧嘩になんの目算もなく仲裁に入るというかなり無謀なことをしてしまう。

「アル、駄目だってば！」

言いながら腕をつかんだのだが、逆にそれを思いっきり振り払われ、バランスを崩してよろけたところに、目算を外したチッキキットの蹴《け》りが入る。

内臓をもろにえぐられたルネが、その場に倒れ込みそうになり、さらにそこへ、頭に血がのぼってまわりが見えなくなっていたアルフォンスのパンチが思いっきり繰り出されてしまう。

その瞬間、アルフォンス自身、ハッとしたが、もう勢いは止まらない。

そのまま、チッキキットとアルフォンスが両側からルネの頭を順繰りに殴りつけそうになった、その時だ。

「――ルネ！」

叫ぶ声と同時に、二つの影が飛び込んだ。

次の瞬間、ルネの頭を自分の腕の中に抱えるようにして立つリュシアンの姿と、反対側にまわり込んだ挙げ句、両手で二人の拳《こぶし》を受け止めているエメの姿があった。

間一髪。

まさに、電光石火の早業といえよう。

ふだんは目立たないエメであるが、彼が間違いなくリュシアンの護衛であることが証明された瞬間だった。

そうして、なんとかルネの危機を救ったリュシアンは、エメが淡々と二人の拳を払い落とすのを見ながら、厳しい声で一喝する。

「なにをしているんだ、君たち。――同級生を殺す気か⁉」

「なんと言っても、僕たちが暮らすダイヤモンド寮がピカイチだよ」

　秋学期も半ばを過ぎた食堂で午後のお茶を飲みながら、ダイヤモンド寮に在籍する一年生——通称「K」が得意げに言ったことに対し、一緒にいた仲間たちが若干周囲を気にしながら理由を問う。なにせ、食堂にはダイヤモンド寮以外の生徒もわんさかいるのだ。

「なんで、そう思うわけ?」

「たしかに、なんで?」

「そりゃ、ダイヤモンド寮には『特別棟』があるからさ」

「ああ、『特別棟』ね。それはそうだけど、あれは例外だよ。いわば、別世界」

「言えてる。同じ寮生でも、おいそれと踏み込めないエリアだ

から」

するとそれまで黙って話を聞いていた別の生徒が、「違うだろう」と言い出した。

「ケイがダイヤモンド寮をピカイチだと思っている理由は、そこにアルトワ王国の皇太子がいるからだ。――ほら、こいつ、彼にぞっこんだから」

とたん、顔を真っ赤にしたKが言い返す。

「ぞっこんってわけじゃ――。ちょっと憧れているだけで」

「いや、もはやストーカーだ」

それに対し、別の仲間が「でも、その気持ちもわかる」とKを庇った。

「だって、俺、この前、廊下でサフィル＝スローンと出合い頭にぶつかりそうになったんだけど、彼、スッと避けたあとで去り際に『パルドン』ってフランス語で短く言ったんだ。それがすごく洗練されていて、舞い上がるような気持ちになっちゃってさあ」

Kは心の中で大きくうなずく。

（リュシアン・ガブリエル・サフィル＝スローン・ダルトワ。――彼は、完璧だ！）

Kがそう思うに至ったのは、入学して間もない頃に行われた「宝探しゲーム」で、幸運にもリュシアンと同じチームになり、間近に接する機会があったからだった。

――その時の優美さ、知性、振る舞い。

（彼は、完全無欠の『神』なんだ‼）

と、入り口のほうを向いていた仲間の一人が「あ、噂をすれば」と言ったため、彼らの視線がそっちを向く。

そこに、リュシアンの神々しい姿があったが、その横に立っている人物に対し、すぐさま「あれ？」と疑問が飛び交う。

「一緒にいるの、エメじゃないな」

「本当だ。珍しいね。――ていうか、護衛なのに、そばにいなくていいのか？」

「その前に、あれ、誰？」

それは、Kが内心で真っ先に思ったことだ。

（そうだよ、あいつ、誰だ⁉）

た雰囲気を持っているが、顔は特に知られていない生徒である。

　Kがじっとりと睨みつけながら思う。

（なんで、僕のサフィル＝スローンと一緒にいるんだ。しかも、仲睦まじげに。——エメはどうした。なにをやっている⁉）

　いつもKがリュシアンをうっとり見つめていると、同級生のくせに殺し屋のような銀灰色の瞳で撃退してくる護衛のエメが、こんな肝心な時にそばにいないなんて——。

（職務怠慢だろう‼）

　そんなKの的外れな鬱憤を余所に、遅れて入り口のほうを見た仲間の一人が、「ああ、あれ」と教える。

「ルネ・デサンジュだろう。——でもって、あの二人、最近一緒にいるのを時々見かけるから、きっと友だちになったんじゃないか？」

　とたん、Kが絶望的にわめいた。

「——そんなの、ズルい‼」


たか ことはそれだけでは済まなかった。

秋学期最終日。

　アルトワ王国の公用車が正門前に停まっているのに気づいたKは、自分が乗るタクシーを待たせ、物陰に潜んでリュシアンが来るのを待っていた。

　すると、期待通り、ほどなくしてリュシアンが姿を現したが、寒空の下、なぜか丸めたコートを抱えていて、さらに車のそばに立っていたエメとなにやら言い合いを始める。

　だが、それよりなによりKが気になったのは、裏山のほうから下りてきたリュシアンのそばに、ルネの姿があったことだ。

（あいつ、性懲りもなく、また一緒にいる！）

　憤慨するKであったが、しばらくその場ですったもんだしていた彼らが、ややあって同じ車に乗り込むのを目にして、呆然となる。

（え、なんで——。なんで、あいつまで一

緒に乗っていった⁉）

　三人を乗せて遠ざかっていく公用車――。

　その時の光景が目に焼き付いて離れず、ずっと楽しみにしていたクリスマス休暇は、Kにとって散々なものとなる。

　なぜ、一緒の車に乗っていったのか。

　あのあと、二人はどこに行ったのか。

　気になって気になって、サンタクロースどころではなかった。

　そうして、悶々とクリスマスを過ごし、あっという間に冬学期の初日を迎える。

　正門前でタクシーを降りたKは、すぐあとからアルトワ王国の公用車が入ってくるのを目にして、まずは狂喜乱舞した。

（これは、幸先がいいぞ！）

　それまで悶々としていたことも忘れ、他の生徒たちに交じって公用車を見ていると、まず、エメが降り立ち、周囲を見まわす。

　そこまでは、至ってふつうだ。

　当然、すぐにリュシアンの神々しい姿が[illegible]ると待っていたのだが、次に車から出てきた人物を見て、彼は顎が外れそうなほど驚いた。

（え、ルネ・デサンジュ――⁉）

　周囲もざわつく。

　ルネに続いてリュシアンも車から降りてきたのだが、ルネのことで頭がいっぱいになっていたKは、その神々しい姿にも気づかずに考え続ける。

（なんで？　なんで、またあいつが一緒なんだ？　まさか、クリスマス休暇を一緒に過ごしたなんてことはないよな？　でも、そうでないなら、どうして行きも帰りも一緒の車に乗っているんだ――？　うわああ、もう）

　やがて許容量の限界を迎えたKは、貧血を起こしてその場でドサッと倒れ込む。

　その音に振り返ったエメが、迎えのスタッフたちに抱え起こされる彼を見て、口中で「ストーカーその一、卒倒」とつぶやいたことなど、もちろん、知る由もない。

〈了〉

第三章　降りかかる災難

1

翌日。

昼休みになり、ルネとアルフォンスの部屋にエリクとドナルドがやってきた。

部屋の中はすでに図書館で借りてきた本でいっぱいであったが、その上さらに、二人は両手に抱えられるだけの本を抱えていて、置き場所を探して右往左往している。

「――で」

ようやく隙間《すきま》に本をおろしたエリクが、これで自分の用は済んだとばかりに椅子《いす》に座ってしゃべりだす。

「ルネ、チッキットに蹴《け》られたお腹《なか》は大丈夫？」

「うん。心配ないよ」

うなずいたルネが、シャツの上からお腹をさすりながら続ける。

「今朝見たら、すごい内出血の痕《あと》ができていたけど、お医者様は大丈夫だろうって言ってたから」

「だからって、油断するなよ。――気持ち悪くなったら、すぐに言え」

横からアルフォンスに言われ、「わかっている」とルネが答える。

いちおう心配はしているようだが、そもそも、アルフォンスが始めた喧嘩《けんか》であり、ルネは完全にとばっちりだ。それを思えば、もう少し申し訳ないという態度になってもよさそうなものだが、アルフォンスはいつもと変わらず、少し高飛車なくらいであった。

ルネはルネで、それを気にする素振りもない。

そんな二人を見ながら、ドナルドが「まったくねえ」と、これまた、どちらか一方を責めるでもなく言う。

「喧嘩するほうもするほうだけど、それを無防備に止めようとするほうも、どうかしていると思うよ」

「たしかに、無謀」

エリクが言い、「そもそも」と続けた。

「止めようが止めまいが、結局は校長室に呼び出されて大目玉を食らうんだから、喧嘩をする前に止めるならまだしも、いったん始まった喧嘩を止める意味がわからない」

言われてみれば、その通りだ。

事実、あのあと、チッキットとアルフォンスは、校長から呼び出しを受け、散々絞られた挙げ句、それぞれの寮のトイレ掃除を言いつかった。

それで昨日は終わってしまい、今日になって、ようやく指輪の呪《のろ》いを解く方法をみんなで考えようということになったのだ。

部屋を埋め尽くすのは、そのために集められた資料である。

エリクが、言う。

「だけど、止めたといえば、例の王子《プリンス》は、喧嘩を止めたことで、また一つ株をあげたようだね。――実際に見ていた奴《やつ》の話だと、ルネを庇《かば》った姿が、中世の騎士物語に出てくる主人公のようにかっこよかったって」

「そうなんだ？」

ルネが意外そうに言うと、エリクがびっくりして訊《き》き返す。

「え、助けられた本人は、そう思わなかったわけ？」

「うん」

うなずいたルネが、「あの時は」と説明する。

「なにがなんだか、わからなかったから」

（誰かが大怪我《おおけが》をする前に、止めなきゃ――）

そう思ったのは覚えている。

だが、そのあとの記憶がしばらく飛んでいて、次に気づいたら、リュシアンの腕の中にいた。そして、ほっそりして見える割に腕などに筋肉がついていて、すごく頼れる感じがしたことに驚いた。

そういう意味では、たしかに中世の騎士物語の主人公のようであったし、なにを着てもかっこよく見えるのは、きっとあの筋肉と姿勢の良さがあってのことなのだろう。

（でも、せっかくなら……）

ルネは、リュシアンの腕の中にいた時のことを思い出しながら、考える。

（一方的に守られるお姫様ではなく、隣で戦える騎士になりたい――）

そんなことを思ううちにも、ドナルドが本のページを繰りながら「ただ、今回は」と付け足した。

「王子《プリンス》だけでなく、従者のほうも名をあげたようだけど」

「あ、そうそう」

エリクが、ドナルドを振り返って言う。

「彼、すごかったんだってね。アルとチッキットなんて、いわば、うちの学年のライオンとトラみたいなものだけど、そんな猛獣二人を涼しい顔で一挙に止めたって？」

「こう聞いているよ」

一見たかったなあ。——あ、でも、まわりにいた連中には、エメの動きが見えなかったらしいから、その場にいても見えなかったのか。残念」

　自分の言ったことに自分で突っ込む形になったエリクが、「つまり」と確認する。

「それくらい迅速だったってことだよね？」

「うん。——まあ、伊達《だて》に護衛としてサフィル＝スローンのそばにいるわけではないってことだな」

　ドナルドの感想に、エリクが「ということは」と唇に手を当てて考える。

「エメって、もしかして、本当にこの学校に襲撃者が来た場合、そいつらをやっつけられるってこと？」

「さあ、どうだろう？」

　ドナルドが首をかしげて応じる。

「まあ、幼少時から特殊な訓練は受けているんだろうけど、そうはいっても、まだ子どもの域を出ないわけで、限度はあるはずだから」

「そっか」

　そんな風に二人がリュシアンとエメの話をしている間、なんとも不機嫌そうな顔をしていたアルフォンスが、会話の切れ目を見つけて強引に割って入った。

「なあ、さっきからずっとくだらない話で盛り上がっているようだが、おしゃべりをしたいなら他所《よそ》でやってくれないか？」

「あ、ごめ～ん」

軽く謝ったエリクが、「だけどさ」とタブレットに表示されている寓意図《ぐういず》を見て言う。

「この絵がなにを示しているかなんて、僕にはさっぱりわからないし」

「そんなこと言って」

呆《あき》れたように応じたアルフォンスが、「お前」と指摘する。

「まだ、ヒントを探すのに一冊も目を通していないだろう？」

「そうだけど、言わせてもらえば、なにを探せばいいのかわからないのに、ただ本を読むのって、どうかと思うんだよね」

それに対し、次々とページをめくっているドナルドが、「少なくとも」と応じた。

「大きな鳥が宝石のようなものをくわえているのだから、鳥が出てくる宝石の伝説を見つければいいんだと思うよ」

「簡単に言うけどさ」

エリクが白目をむいて、手近な本のページを嫌そうにめくりながら嘆く。

「それって、超面倒くさい。——だいたいさあ、なんで、今さら本なわけ？　検索エンジンを使ったら、一発だと思うけど？」

「バカ。そんなの、とっくにやったよ」

アルフォンスが言下に却下し、続ける。

「『鳥』と『宝石』で検索をかけたけど、たいした情報は出てこなかった」

ルネが横から補足する。

「『鳥×宝石』の答えは、カワセミなんだ」

「それ、笑える」

言いながら、ドナルドが実際に鼻で笑い、「最近の」と感想を述べた。

「検索エンジンは、なかば大手オンライン市場の宣伝の場と化していて、どんな言葉を入力しても、たいてい真っ先に出てくるのはオンラインで売られている商品だからね。検索機能としてはあまり意味をなさなくなっている」

「たしかに」

「それで、ついついウィキペディアを頼ってしまうんだけど、そうなると、今度は知識の画一化が恐ろしい」

「そうだよなあ」

エリクが認めると、「だからさ」とドナルドが本を掲げて主張した。

「調べ物をするなら、古典的でも、やっぱり本ってことになるんだよ」

「なるほどねえ」

すると、それまで熱心に本を読んでいたルネが、「あ、これは？」と言う。

「どれ？」

覗《のぞ》き込んだエリクが、しばらくして、パッと表情を明るくした。

「うん、これかも」

それに対し、別の資料を読んでいたアルフォンスが「なんだ？」と問いかけ、エリクが振り向きながら答えた。

「ダイヤモンド」

「ダイヤモンド？」

「そう。——アレキサンダー大王に関連した伝説の中に、『ダイヤモンドの谷』からダイヤモンドを取るために、皮を剝いだ羊の死骸《しがい》を投げ入れて、その肉をついばんだワシにダイヤモンドを取ってこさせるという話が載っているんだ」

「ほお」

興味を引かれたアルフォンスが、自分の目でたしかめるために、ルネの持っていた本をひったくる。

そうして自分で確認したあと、確信を込めてうなずいた。

「たしかに、間違いなさそうだ。三番目の寓意図は、この逸話を表している。——よく見つけたな、ルネ」

いちおう、最初に見つけたルネを労《ねぎら》い、アルフォンスはオレンジがかった琥珀色《こはくいろ》の瞳《ひとみ》を煌かせた。

「そうか、アレキサンダー大王ねえ」

「つまり、必要なのはダイヤモンド？」

確認したエリクが、「でもさあ」と新たな疑問を投げかける。

「ダイヤモンドならなんでもいいってもんでもないよね、きっと」

「そうだな」

認めたアルフォンスが、「当然」と指摘する。

「なにか特別なダイヤモンドを見つける必要があるんだろう。そして、それは、指輪のこの部分——」

言いながら、「サモス王の呪いの指輪」を取りあげて続けた。

「このへこんだ部分にぴったりはまるはずだ」

改めて指輪を見たエリクが、「ホントだ」と驚く。

「こんなところにくぼみがある。——ということは、かつて、ここにダイヤモンドがはまっていて、それがなくなったことで呪いが発動されるようになったのかな？」

さりげなく投げ出された新しい推測に、アルフォンスが少し考え込んでから言う。

「——それ、なかなか鋭い考察だな」

それに対し、ルネが首をかしげて尋ねる。

「鋭い？」

「ああ。――だって、今、エリクが言ったように、もし、この部分にはまっていた第三の宝石が失われたことで呪いが発動されたのだとしたら、その宝石には、当然、呪いを封じ込める力があったことになるわけで、それから言うと、宝石の中でももっとも硬度が高いダイヤモンドなんかは、ピッタリだろう」

「ああ、たしかに」

「実際、ダイヤモンドには、悪魔や人の悪意をはねのける力があるといわれているくらいだ」

「へえ」

感心したルネが、「なるほどね」とつぶやく。

「呪いを封じ込めるため、か。それは、なかなか穿《うが》った見方かも……」

女神の呪いがかかった指輪。

そして、その呪いを封じ込めるための宝石――。

だが、だとしたら、その成就を願ってるのは誰なのか？

ルネは、今回も、なにかが見えそうで、結局それがなにかわからないまま、他の人の話に耳を傾ける。

エリクが「だけど」と困ったように言う。

「いったい、どこを探せば、そんな都合のいいダイヤモンドが見つかるわけ？」

「たしかに、謎《なぞ》だな」

アルフォンスが答え、考え込む。

まだ子どもでしかない自分たちに発見できたのだから、おそらく、これまでも、あの寓意図がダイヤモンドを示していることまでは、大勢の人間が辿《たど》り着いてきたのだろう。

ただ、それがどこにあるかがわからない。

それで、みんな諦《あきら》めた。

新たに研磨したダイヤモンドを強引にはめ込んだところで、まったく意味をなさないとわかっているからだ。

呪いを解くために必要なのは、特別なダイヤモンドでなければならない。そして、だからこそ、「賢者の石」に近づくためのヒントにもなり得るのだ。

アルフォンスが、なかば独り言のように言った。

「この学校のどこかに、アレキサンダー大王にまつわるなにかがあれば、見つかる可能性も出てくるんだろうが……」

そうして三人が頭を悩ませる横で、別の本を淡々と読んでいたドナルドが、ふとその手を止め、眼鏡の奥の薄靄色《ヘイズブルー》の瞳を細めた。それから顔をあげ、アルフォンスに向かって声をかけようとするが、なぜか寸前で止《とど》まり、結局、そのまま沈黙を守った。

同時に、知的な相貌《そうぼう》が軽く陰を帯びる。

その後、今はこれ以上の成果を望めないと判断したアルフォンスが、午後の自習時間の準備のため、ひとまず会合を終わらせた。

2

騒々しい一日が無事に終わり各自が部屋で寛《くつろ》ぐ時間帯に、ダイヤモンド寮の特別棟に住んでいるセオドア・ドッティの部屋を、従兄弟《いとこ》のドナルドが訪れた。

「――あれ、ドニー？」

「どうも、テディ」

ドナルドを認識したセオドアが、大きく扉を開いて迎え入れながら意外そうに言う。

「珍しいな。君が訪ねてくるなんて」

「まあ、たまにはいいかなって」

ウリ科を思わせるひょろりとした体型で、どちらかというと学究肌の雰囲気があるドナルドに比べ、中肉中背でごつい顔立ちをしたセオドアは、明らかに政治家向きの性格をしている。

そんな性質や見た目の違いはあるものの、二人は従兄弟としてふだんから交流があるため、人目がない時は、ドナルドもかなりくだけた口調になる。

「――あ、もしかして、邪魔だった？」

テーブルの上に広げられた教科書の類《たぐ》いを見て言ったドナルドに、セオドアはソファーを勧めながら「そんなことはないさ」と答える。

「明日の予習があるから、あまり長話はできないけど、三十分くらいのおしゃべりなら大歓迎だ」

「よかった。──でも、そんなにかからないと思う」

淡々と応じたドナルド自身、別にセオドアと他愛ないおしゃべりに興じるために来たわけではないため、「ただ、ちょっと」と続けた。

「耳に入れておいたほうがいいかもしれない話があって」

「へえ。──なんだ？」

尋ねたセオドアが、「あ、その前に」と気をまわして訊く。

「なにか飲むか？」

「いや、大丈夫」

断ったドナルドが、「ここに来たのは」と話を進める。

「例の指輪の件で──」

「ああ。君の隣人であるデュボワが引き当てた忌《い》まわしき指輪だな」

納得したようにうなずいたセオドアが、「彼」と少し脱線して言う。

「凝りもせずに取っ組み合いの喧嘩をして、また校長室に呼び出されたそうだな」

「そう。──聞く限り、チッキットが絡んできたのが悪いみたいだけど」

「原因がなんであれ、呪いの指輪なんて引き当てて、さぞかし意気消沈しているかと思いきや、相変わらずなんで、笑ったよ」

セオドアの言葉に、ドナルドは少し考えてから応じる。

「たしかに、意気消沈はしていないけど、たぶん、内心ではかなり苛立《いらだ》っているんだと思う。そうでなければ、ああいう時、さすがにルネに危害が及ぶほど頭に血はのぼらないはずだから」

「ああ。ルネ・デサンジュ──」

あがった名前に対し、セオドアが「彼は」と続ける。単純に名字で呼びたいところであるが、サミュエルと区別するため、彼はルネのことをセカンドネームを省く形でこう呼んでいる。

「なかなかどうして、デュボワともうまく付き合っているようだな」

「今のところはね」

「──おや？」

軽く目を細めたセオドアが、「その言い方だと」と探りを入れた。

「みなが思っているほど、順調ではない？」

「さあ。そのあたりは、よくわからない。──不確定要素が多すぎるし」

軽く目を伏せて言ったドナルドに対し、セオドアが面白がるように身を乗り出す。

「不確定要素というのは、アルトワ王国の皇太子のことか？」

「……まあ、そうかな」

そこでソファーに背中を預け、セオドアが推測する。

「たしかに、あの王子《プリンス》は『プティ・デサンジュ』にご執心らしいと聞いているけど、その目的はなんだろうな？」

「『プティ』というのは、同じ名字を持つ人間がいる場合、両者を区別するために基本年下につけられるフランス語の愛称だ。今の場合は、サミュエルに対してのルネであるが、他者からすると、ドナルドもセオドアに対し『プティ・ドッティ』となるわけだ。

ドナルドが訊き返す。

「目的？」

「そう。彼が、ルネ・デサンジュに執着している理由。——きっと、そこには、なにかあるはずだ」

政治的思考をしがちなセオドアには、純粋な好意や友情なんてものは理解できないのかもしれない。

だが、ドナルドは首をかしげ、「目的なんて」と反論した。

「特にないと思うけど。——まあ、あえて言うなら、ないものねだり？」

「ないものねだり？」

今度はセオドアのほうが意外そうな顔になって、すぐに苦笑する。

「王子《プリンス》に欠けているものなんて、ないだろう」

「そうかな？」

曖昧《あいまい》に応じたドナルドが、「ま、いいけど」と言って軌道修正する。

「なんであれ、今はサフィル＝スローンのことはどうでもよくて、指輪のことです」

「ああ」

認めたセオドアが、「それで」と尋ねる。

「あの指輪がどうしたって？」

「テディは、あれが、もとは『賢者の石』へ近づくためのヒントであることはわかっていると思うけど」

「当然だ」

確認した上で、ドナルドは本題に入った。

「それなら、あの三枚目の寓意図が示しているものについては――」

「ああ、おそらくダイヤモンドだろう」

どうやら、セオドアも、ここにきて色々と調べ、その結論に辿り着いていたようだ。

ただ、ドナルドは「たしかにそうで」と相手の言い分を認めながらも、彼なりの異論を述べる。

「アルなんかも、その結論を受け入れていて、どこかにあるかもしれない特別なダイヤモンドを探そうと躍起になっているんだけど、僕は、もしかしたら、探すべきなのは、ダイヤモンドではなくジルコンの可能性もあるなと思っていて――」

「ジルコン?」

セオドアが意外そうに繰り返して、訊く。

「なぜ、そう思うんだ?」

「それは、たまたま、ジルコンにも、ダイヤモンドと同じような伝説があるのを見つけたから……」

「ダイヤモンドと同じって、例のワシが取ってくるってやつか?」

「そう」

認めたドナルドが、「それに」と続けた。

「もしジルコンなら、あの寓意図の中で、鳥の絵に比べて人物が異様に小さいのも納得がいく」

「人物が?」

「うん」

うなずいたドナルドは、「それほど」と付け足した。

「寓意図に詳しいわけではないけど、もし鳥がくわえているのがダイヤモンドで、一緒に描かれているのがアレキサンダー大王くらい名の通った人物なら、その人物が重要であることを強調するために、もう少し大きく描かれていてもいい気がするんだ。現に、一枚目と二枚目のサモス王や女神は大きく描かれているし」

「言われてみれば――」

　セオドアが認める。

「エジプトの壁画なんかでも、描かれているものの力の大きさを示すために、神や王は他の人間より大きく描かれることがある。――でなければ、その人物を示す持ち物《アトリビュート》を一緒に描くとか」

「そう」

　指をあげて応じたドナルドが、「でも」と主張する。

「あそこに描かれているのはすごく小さい人物だから、神格化されているアレキサンダー大王とは考えにくいわけで、そうであるなら、あの寓意図が示しているのは、アレキサンダー大王の伝説にまつわるダイヤモンドではなく、似たような伝説で語られる――」

「ジルコンってわけか」

　結論を引き取ったセオドアが、「すごいな」と感心して言う。

「さすがとしか言いようがないよ、ドニー。――お前は、昔から人より観察眼が鋭かったからな」

「どうも」

礼を口にしながらうっすらと顔を赤らめたドナルドに、セオドアが訊く。

「それで、このことは、もうデュボワにも話したのか？」

「……いや」

スッと目を伏せたドナルドが、平坦《へいたん》な声で続けた。

「話していない」

「へえ？」

意外そうに受けたセオドアが言う。

「それは、驚きだ。君は、昔から清廉潔白でフェアプレーを好む傾向にあったから、てっきり彼にも教えたんだと」

「そうだけど、これでもいちおう、ドッティ家の人間だから——」

いざとなれば、一族の利益を優先すると言いたいのだろう。

宣言したドナルドが、「それに」と付け足した。

「本人が見つけなければ呪いが解けないというのならともかく、誰が見つけても同じであるなら、僕たちドッティ家の人間が先に見つけてもいいと思って」

「なるほど」

納得したセオドアが、「それは即《すなわ》ち」と応じた。

「他ならぬ、僕たちドッティ家の人間が、『賢者の石』を探す旅で、他家より一歩先んじるということだな？」

「そう」

認めたドナルドを頼もしげに見つめ、セオドアがなんとも嬉《うれ》しそうに口元をほころばせた。

「いいぞ、ドニー。君が予想以上にデュボワと親しくなったから、実は、内心で少々不安に思っていたんだが、やはり身内は心強い」

それから、天井を見あげ、「それに比べ」と続ける。

「サミュエルにとって、ルネ・デサンジュは、この先、いったいどういう存在になっていくのかねえ？」

サミュエルの腹心の部下として誉れ高いセオドアだが、そう告げた時の彼の表情は、どちらかというと、この状況を楽しんでいる風であった。

「いつかは協力者として彼の懐に入ってくれるのか。それとも、このまま相対するデュボワの犬と化すのか、でなければ、まったく関係のない『サファイア《サフィル》の玉座《スローン》』に座る人間にかっさらわれてしまうのか。――なんとも、見ものだな」

3

翌日の昼休み。

部屋に散乱していた資料を図書館に返しに行こうとしているルネは、抱えていた本があまりにも多すぎて前がよく見えずに四苦八苦していた。

明らかに、運ぶ分量を間違えた。

部屋を出る時は、入れ替わる形で戻ってきたアルフォンスが扉を開けたままにしてくれたからふつうに通れたし、寮の階段も慣れているので、さして怖い思いをせずに降りてこられた。

さらに、寮の扉も、ちょうど外から帰ってきた生徒がルネに気づいて先に通してくれたので、なんの問題なくここまで来てしまったのだ。

だが、図書館へと続く不慣れな小道に入ったところで、ルネの足元はかなり覚束《おぼつか》なくなった。――なにせ前方の視界もなければ足元も見えない状況で、そこにどんな障害物があるか、見当もつかないからだ。

考えてみれば、行きがけにすれ違ったアルフォンスが、思いついたように振り返って
「お前、それ、どうする気だ?」と訊いてきたのは、もしかしたら、このことを言ってい

たのかもしれない。

でも、ルネは、深く考えずに「邪魔だから、要《い》らない分は返してきちゃう」と元気に答えたものである。

だが、それは大間違いだった。

（う〜ん、怖いぞ）

足元が見えないのは、本当に怖い。

一歩を探り探り踏み出しながらカメの歩みでいたルネに対し、その時、うしろから声がかけられる。

「ルネ。――手伝おうか？」

申し出とともに横から伸びた腕が、とっさに立ち止まったルネの手から本を順繰りに取り去ってくれる。しかも、声の主は一人ではなかったようで、取り去ったものをそのまま隣に立つ人物の手の上に積みあげていく。

そうして、半分ほど移し終えたところで、声の主が傍らの人物に告げた。

「エメ、その本を持って、先に行っていてくれないか？」

現れたのは、言わずと知れたリュシアンとエメの二人で、あっという間に両手を塞《ふさ》がれたエメが、「わかりました」と言って歩き出す。

その態度はとても従順であったが、ルネの脇《わき》を通り過ぎる際、プラチナルチルを思わせる鋭い銀灰色の瞳が、ジロッとこちらを睨《にら》みつけた。面倒事を押しつけやがって、という思いが溢《あふ》れ出た瞬間だ。

片や、半減してすっかり軽くなった本の山を持ったまま、ルネが驚いて相手の名前を呼ぶ。

「リュシアン？」

「やあ、ルネ」

陽光の下で見るリュシアンは、本日も実に気品に満ちて優美だ。どんな場所でも、彼が佇《たたず》んでいるだけで宮殿のように華やかな空間に変わってしまう。

今も、急にあたりが明るくなったように感じたルネの前で、彼は、本の山からさらに数冊を取り去りながら、「最初」と笑いをこらえるようにして話し出す。

「この小道に入る前に、前方から本のお化けが歩いてくると思ってびっくりしたんだ。でも、こっちに曲がった瞬間、その正体が本を大量に抱え込んでよろよろしている君であるとわかり、手伝おうと思ってすっ飛んできたんだよ」

実は、それまで、ルネ自身は気づいていなかったが、その奇妙な姿は道行く生徒たちの恰好《かっこう》の笑いの種となっていた。

「そうなんだ。ありがとう」

礼を言ったあとで、図書館のほうを見て告げる。

「でも、エメには悪いことをしちゃったな」

「気にしなくても、彼は慣れているから」

「そうかな？」

リュシアンはなんでもないことのように言うが、エメが慣れているのはリュシアンの用事を言いつかることであって、ルネの手伝いをすることではないはずだ。

ルネが続けて言う。

「それに、エメに会ったら、一昨日《おととい》のことで一言お礼を言いたかったんだ」

「ああ、そうだ」

それで思い出したというように、リュシアンが訊く。

「僕も、その件について訊きたくて、君を追いかけてきたというのもあるんだよ」

エメのことなどどうでもいいように応じたリュシアンが、「その後」と尋ねる。

「蹴られたところはなんともない？」

「うん」

うなずいたルネが、説明する。

「まだ内出血の痕はあるけど、特に痛むわけでもないし、問題ないよ」

「それなら、よかった」

「それもこれも、リュシアンとエメが助けてくれたおかげだから、本当にありがとう」

「いや」

ルネのために図書館の扉を開けてやりながら、リュシアンが言う。

「当然のことをしただけだからいいんだけど、それ以前の問題として、やっぱり取っ組み合いの喧嘩の仲裁に入るのは止《や》めたほうがいい。怪我をするだけだから」

「うん。みんなにそう言われた」

「だろうね」

苦笑したリュシアンが、「でもまあ、それで言ったら」といささか批判的な口調になって続ける。

「やっぱり、デュボワだろうな。――なんだかんだ、こう問題が多いと、君も同室者《ルームメイト》として迷惑しているのではないかい？」

それに対し、図書館のカウンターで本の返却手続きをしながら、ルネがアルフォンスを庇う。

「そんなことはないよ。――今回のことだって、アルは、指輪のことでちょっとイライラしていただけだから」

「――指輪って、例の？」

ルネに続いて本を返却カウンターに置いたリュシアンが、ルネと話しながら、カウンターのそばで待っていたエメに対し、手で小さく追いやるような仕草をする。

それを見たエメは、軽く一礼してすぐに身を翻し、なにも言わずに立ち去った。

ルネはそのことがとても気になったのだが、リュシアンにしてみればたいしたことではないらしく、エメのことはそっちのけで「その話」と興味を示して言う。

「詳しく聞きたいから、よかったら、このあと、一緒にお茶をしないかい？」

「でも、エメはいいの？」

「彼は、一人の時間が持てて喜んでいるよ」

とてもそうは思えなかったが、リュシアンは「君のほうこそ」と続けた。

「デュボワと約束がなければいいんだけど」

「アルなら、今朝、よく一緒に運動している仲間たちに、場所が取れたからクライミングをやろうって誘われていたから、たぶん、今頃は体育館だと思う」

同室者《ルームメイト》だからといって、常に一緒に行動するわけではない。——特に、アルフォンスは人に縛られるのが嫌いで、ルネの行動にはあれこれ口を出すくせに、自分のことをあれこれ言われるのは好まなかった。

「そうなんだ。——相変わらず、彼は自由だね」

説明を聞いたリュシアンが感想を言うと、ルネは苦笑して応じる。

「そこは、ほら、アルだから——」

「人が好《い》いな、ルネは」

小さく溜息《ためいき》をついたリュシアンが、「でもまあ」と気を取り直して言う。

「おかげで、僕たちは、彼の機嫌を気にせずお茶ができる」

アルフォンスの耳は地獄耳であり、事はそう単純でもないのだが、ルネはひとまず反論せず、二人して、すでに人の姿がまばらになった食堂へ移動した。

暖かい季節なら野外のベンチで風に当たりながら話すほうが気持ちがいいが、真冬の今はさすがに寒い。

その点、まったりとした時間が流れる食堂は、昼食のピークが過ぎても、教師や学校の運営スタッフなどが遅いランチを食べにくるため、午後の授業が始まるまではオープンしていて、使い勝手がいい。

柔らかな陽《ひ》が射し込む窓際の席に陣取った二人は、それぞれ買ってきたコーヒーやココアを片手に話し始めた。

まず、リュシアンが紙コップの湯気を吹き払いながら言う。

「あの騒動のあと、僕のほうでもちょっと調べてみたんだ」

「あの騒動って、アルのシチューから指輪が出てきたこと？」

「そうだけど、それ以外に、ここ最近でなにか目立った騒動なんてあったかな？」

確認され、ルネは小さく首を横に振る。

「ないね」

たが、せっかくルネが認めたのに、リュシアンのほうから「あったとしても」と追加してきた。

「デュボワの喧嘩くらいだから、なんだかんだ、彼はいつも騒動の中心にいるってことになる」

「ああ、たしかにそうだね」

苦笑するルネを前に、リュシアンが「まあ、それはともかく」と先を続けた。

「デュボワが引き当てた指輪についてだけど、それを手にした人間は死すべき運命にあるという、まさに『呪い』と呼ぶべき逸話が付与されたのは、どうやらこの学校で起きたある事故と関係しているようなんだけど、君は知っている？」

「うん」

うなずいたルネが、補足する。

「落雷による死亡事故でしょ？」

「そう」

うなずいたリュシアンが、「ただ」と続けた。

「エメが調べたところでは、問題の指輪には、もともと呪いを含めた一連の言い伝えのようなものが存在していて、君が言った落雷による死亡事故も、もとは、その言い伝えを利用して、ある生徒が友人に対して悪戯《いたずら》を仕掛けたことが発端だったらしい。——裏を返せば、デュボワが手にした指輪には、『呪い』以外にも伝説が存在していたのに、不運な死亡事故が起きたことで、以後、『呪い』というワードだけがクローズアップされて語られるようになってしまった——ということのようだった」

「その通りだよ」

ルネが認めると、「へえ」と意外そうに応じたリュシアンがわずかに首をかしげて訊き返す。そんな些細《ささい》な仕草ですら彼がやると優美だ。

「君がすでにこのことを知っているということは、もしかして誰かに話を聞きにいった？」

どうやら、ルネやその周辺の人物たちだけでは、エメと同じ速度で同じだけの情報を調べあげるのは無理だと考えているらしい。

エメのことをぞんざいに扱う一方で、彼に寄せる信頼はすごく厚いということだ。

ルネが、「うん」と素直に認める。

「アルのために急いで指輪の呪いを解く方法を見つける必要があったから、その手の事情に詳しそうなサミュエルに、ね」

「——ああ、彼」

リュシアンが納得する。

この学校に在籍して長い第五学年のサミュエルなら、これらのことを知っていてもおかしくないと踏んだのだろう。

「それなら、これから話すことは知識の重複になるかもしれないけど、認識していることを確認し合うためにも、少し、僕のほうで調べたことを伝えることにする。――構わないかな？」

「もちろん」

そこで、リュシアンが本腰を入れて話し始める。

「あの時、真っ先に呪いのことを言い出した生徒は、『サモス王の』と言っていたことから、その呪いというのは、紀元前六世紀にサモス島の王であったポリュクラテスが、おのれの幸運の代償として、女神に捧《ささ》げたたった一つの瑪瑙《めのう》の指輪――一説には赤縞瑪瑙《サードオニクス》の指輪といわれているようだけど、その逸話にまつわるものと考えていい」

「そうだね」

「でもって、それを受け、以前、この学校で、ある生徒が、サモス王にかけられた呪いが残ったものとして悪戯に使ったのが、この指輪で」

話しながらスマートフォンを取り出して操作したリュシアンが、ルネの前に問題の指輪を撮った一枚の写真を提示する。

画面を覗き込んだルネが、まずは驚いた。

「え、こんなの、どこで？」

「エメが古い資料から見つけてきたんだ」

「へえ」

「ちなみに、僕が確認したかったのは、デュボワが今回手にした指輪も、これと同じだったのかということなんだ」

「同じだよ」

認めたルネが、感嘆する。

「それにしても、すごいね」

「すごい？」

「うん。こんな古そうな写真、よく見つけたなと思って」

「……ああ、まあ、この手の調査はエメの得意分野だから」

「そうなんだ」

前回の「ホロスコプスの時計」の時もそうであったが、エメの調査能力は、同じ学年の自分たちとはかけ離れすぎている。おそらく、彼は護衛としてだけではなく、リュシアンの片腕として不動の地位にあるのだろう。

今度は、ルネが、「リュシアンの言う通り」と話し始める。

「アルが手にした指輪には、もともとサモス王が、その傲慢《ごうまん》さゆえに怒りを買った女神の呪いにまつわる話があったようなんだ。つまり、そういう曰《いわ》くつきの指輪として購入されたものなんだけど、ただ、事がとても複雑なのは、サミュエルによると、それとはまったく別のところに、問題の指輪ときれいに合致する言い伝え——啓示といったほうが、この場合、近いかもしれないけど、とにかく、そのようなものが存在していて、そっちに従えば、指輪にかけられた呪いを解くことこそが、『賢者の石』に辿り着く鍵《かぎ》になるということらしくて」

リュシアンが、青玉色《サファイアブルー》の瞳を細めて訊き返す。

「『賢者の石』？」

「うん」

「たしかに複雑な話のようだけど、それってどういうことだい？」

「えっと」

そこで、ルネはサミュエルから聞いたことをリュシアンにも話して聞かせた。

あの時、特に口止めされたわけでもないし、この学校の生徒であるリュシアンには、やがてそれらの資料を調べる資格が付与される。

なにより、すでに自分たちはエリクやドナルドとこの話を散々しているわけで、今さら秘密もなにもないだろう。

するとある程度話を聞いたところで、リュシアンが言った。

「寓意図？」

「うん。寓意図というのは――」

ルネは自分がわからなかったことを説明しようとしたが、リュシアンはそのことに疑問を抱いたわけではないらしく、淡々と遮った。

「ああ、ごめん。寓意図のなんたるかは知っているよ。それに、ニコラ・フラメルのこともわかっている。さらに言えば、彼の著書に帰せられる『象形寓意図の書』にも目を通したことがあるから、省略してくれていい」

驚くようなことを宣言し、彼は「僕が知らなかったのは」と続けた。

「それとは別に、ニコラ・フラメルの残した著書があったということだ。――修道士ピエール・グロスパルミ？」

「そう。――たしか、そんな名前だった」

「それは、知らない名前だな」

納得がいかないように告げたリュシアンが、続ける。

「その人物が残した著作が、この学校の図書館にあるんだ？」

「らしいよ。――それで、その著作中にある寓意図が、『賢者の石』に近づくためのヒントになっているということのようだけど、残念ながら、その資料を許可なく閲覧するためには、この学校に入学して半年以上経《た》った生徒で素行に問題がなく、かつラテン語が読めないと駄目なんだって」

「——なるほどねえ」

　なんとも面白そうに唇に手を当てて考え込んだリュシアンが、ややあって、「それで」と尋ねる。

「その寓意図は、どんなものだった？」

「興味があるなら、呪いを解くためのヒントを示した一枚だけは、みんなで認識を共有するために、一昨日、サミュエルが一時的に僕たちのタブレットでも見られるように設定し直してくれたからいつでも見られるんだけど、見てみる？」

「ぜひ」

　そこで、今度はルネがタブレットを操作し、例の大きな鳥が描かれた一枚をリュシアンの前に差し出した。

「——へえ。これがねえ」

　寓意図をじっくりと眺めるリュシアンの横で、ルネが説明する。

「サミュエルの話だと、寓意図は三枚が一組になっていて、本来はそれが七組あるらしいけど、結構欠損していて三枚すべてが揃《そろ》っているのは、この組だけなんだとかって」

「ああ、ありがちだね」

「で、指輪にまつわる他の二枚は、一枚目はサモス王が指輪を海に投げ入れ、それを女神が受け取るところが描かれていて、二枚目は、サモス王が食事をしているところと、魚から指輪が出てくるところが描かれていた」

「それは、まさにポリュクラテスにまつわる伝説そのものだ」

「うん」

「それで、三枚目がこれか……。『女神の呪いを解くものはなにか？』」

上部に書かれたラテン語を問題なく読み取ったリュシアンに、ルネが言う。

「そうだけど、昨日、アルたちといろんな資料を調べた結果、その絵が示しているのはダイヤモンドではないかっていうことになったんだ。——というのも、アレキサンダー大王の伝説に」

だが、皆まで言わせず、優雅に人さし指をあげて押しとどめたリュシアンが、代わりにあっさり答える。

「ダイヤモンドの谷の話だね。——知っているよ」

その間もじっと寓意図を眺めていたリュシアンが、「ただ」と告げた。

「僕が思うに、今回必要なのはダイヤモンドではなく、ジルコンって気がする」

「——ジルコン？」

意外に思ったルネが、「それは」と尋ねようとしたが、その時、ふいに外で救急車のサイレンが鳴り響いたので、会話が途切れた。

同時に窓の外に目をやった二人の前に、冬空の下、バタバタと走り回る教師や運営スタンカの姿があった。

　どうやら、緊急事態のようだ。

　顔を見合わせた二人は、どちらからともなく席を立って外に向かいながら、まずはルネが不安そうに言う。

「……なにかあったのかな?」

　それに対し、珍しくリュシアンが表情を引き締めながら答えた。

「救急車が来たということは、病人か怪我人が出たんだろうね」

　外に出ると、あたりには明らかに異様な空気が流れていた。立っているだけで自然と身が引き締まるような、なんとももののしい雰囲気だ。

　と、どこからともなく現れたエメが、「殿下《アルテス》」と呼びかけながら周囲を警戒するようにスッとリュシアンのそばに立つ。

　まさに、護衛だ。

　リュシアンが、エメに訊く。

「なにがあった?」

「わかりませんが、どうやら、怪我人が出たようで、救急車が体育館のそばに寄せられるのは確認しました」

「そうか」

リュシアンが状況を把握しようとまわりを見まわした時、ルネの姿を見つけたエメラルド寮の寮生の一人が、慌てた様子で駆け寄ってきた。

「――あ、大変だよ、デサンジュ」

「なにがあったの？」

「僕も詳しくはわからないんだけど、体育館にいた奴の話では、クライミングをしている最中になんらかのアクシデントがあったみたいで、上から落下したアルが大怪我をしたって――」

「え⁉」

驚きに目を見張ったルネが、食いつかんばかりの勢いで相手に確認する。

「嘘だよね⁉」

「ううん。残念ながら、本当」

「アルが、大怪我をしたの？」

「うん」

「そんな――」

驚いて蒼白《そうはく》になったルネの前で、その生徒はゾッとしたように身体《からだ》を震わせながら付け足した。

「や、やっぱり、呪いは本当だったんだよ。本当にアルは呪われたんだ」

「そんな、縁起でもない」

ルネは否定しようとしたが、相手は止まらず、心底恐ろしそうに告げた。

「だけど、放っておいたら、アルは本当に死んでしまうかもしれない！　――君、それでもいいわけ⁉」

その一言が、ルネを矢のように貫いた。

4

その日の夕食時。

食堂に集められた生徒たちの前で、現在、生徒自治会執行部の総長の座に就く第六学年のグリエルモ・ステファノ・ファルマチーニ・デッラ・ピエトラーイア・ディ・モナドが午後に起きた落下事故について報告した。

ちなみに、名前がやたらと長いのは、彼がモナド公国の公子だからで、身分的説明を取っ払った名前で言ったら、「グリエルモ・ステファノ・ファルマチーニ」となり、生徒たちの間では家名である「ファルマチーニ」で通っている。

黒髪に黒い瞳。

ラテン系の濃い顔立ちをした彼は、どちらかというと穏やかであまり先頭に立ってどうこうという性格はしていなかったが、やはり生まれながらに人の上に立つ身分にあるせいか、こういう場での堂々とした振る舞いは、他の人間に真似《まね》できるものではなかった。

もしできるとしたら、それは似たような立場にあるリュシアンくらいだろう。

食べ物の盛られた器を前にして座る生徒たちの上に、マイクを通したファルマチーニの声が響く。

「諸君、今日は夕食を食べる前に僕のほうから話があるので、そのまま、ちょっと聞いてくれ。――おそらく、ほとんどの生徒がすでに聞き及んでいることと思うが、今日の午後、エメラルド寮の一年生が、体育館で事故に遭い怪我をした」

ザワザワとざわめきが広がっていく中、ルネは一人下を向く。アルフォンスの容態について、下級生はまだ誰もなにも聞かされていないため、次の言葉を祈るような気持ちで待つ。

「幸い、命に別状はなく、右腕を骨折しただけで済んだのだが、念のため、二日間ほど入院することになった」

そこで、ようやくルネの口から安堵《あんど》の溜息がもれる。

隣にいるエリクが、トンとルネの腕を肘《ひじ》で突《つつ》いたのも、「よかったな」という気持ちの表れだろう。

そんな中、大勢の生徒が当事者の所属するエメラルド寮のテーブルのほうをチラチラと見ていた。

この学校では、朝と昼はビュッフェ形式で提供され、決まった時間内なら各自好きな時に好きな場所で食事をすることができるが、夕食だけは、こうして全校生徒が一堂に会して摂《と》ることになっていて、その際は寮単位での着席と決まっていた。そして、今回のように、必要に応じて食事の前に各寮長から連絡事項などが告げられることも多い。

その夕食はというと、通常、あらかじめテーブルの上にデザートまでがすべて準備された状態になっていて、途中、飲み物の提供以外で給仕の人間がまわってくることはない。

――ただ、月に一度ないし二度くらいは、マナー講習を兼ねた晩餐会《ばんさんかい》形式の食事が提供される。

もっとも、今日はふだん通りの食事であるため、生徒たちの前には、デザートのプリンまですべてが揃っていた。

いつもならプリンを見てワクワクするルネであったが、今はそれどころではない。

（……アル、どうしているかな）

命に別状はないと聞いてホッとしたものの、入院しているのは間違いないわけで、こうしてプリンも一緒に食べられないのだ。

今頃、どんな気持ちでいるのか――。

ルネとリュシアンが体育館に駆けつけた時には、すでにアルフォンスは救急車で運ばれたあとだったため、様子を見ることはできなかった。

心配するルネを余所《よそ》に、ファルマチーニの話は続く。

「事故の原因についてだが、どうやらクライミングの綱を留めている金具に不具合があったようで、専門家の意見では、一度外れたものを素人が適当につけ直したせいで事故が起こったのではないかということだった。おそらく、以前、ロープで悪戯かなにかしていた生衒かうっかり金具を外してしまい、だが、怒られるのを恐れて報告はせず、自分で適当に処理した結果、きちんとはまっていなかったからだと推測される」

それに対し、生徒たちがふたたびざわめく。

それを抑えるように、各寮の寮長たちが「静かに」と窘《たしな》め、波が引いた頃合いを見計らってファルマチーニが「もちろん」と言う。

「その生徒の気持ちも、わからないではない。——怒られるのは、誰だって嫌なものだからな」

共感を示したファルマチーニは「ただ」と語気を強めて主張する。

「怒られるのが嫌だからといって、間違いを正さないのは、愚の骨頂だ。悪戯を推奨するわけではないが、悪戯をすることより、怒られるようなことをした時に、それを誤魔化すほうが卑劣だということをよく覚えておいてくれ。——その結果、今回のような人的被害が出てしまっては、なおさらだ」

そこで居並ぶ生徒たちを見まわしたファルマチーニが、「いいか」と念を押す。

「生きていれば失敗や間違いは必ず起きる。だから、先に言っておくと、なにをするにしても、怒られる勇気を持つことだ。怒られる勇気さえあれば、たいていの失敗は挽回《ばんかい》できるし、下手をすれば不具合のあったなにかをよりよくすることもできるだろう。それに対し、怒られることを恐れて失敗を誤魔化そうとすれば、成長がないどころか、とんでもない被害を周囲に与えてしまうことだってある。――今回のことがいい例だ。そのことを、今夜は各自よく考えてみるように」

　すると、ファルマチーニの話の合間に、ルネの背後に座っていた他寮の生徒が小声で言い合った。

「だけどさ、今回の被害者って、あいつだろう。――あの呪いのかかった指輪を拾ったっていう」

「そうそう」

「拾ったというより、僕が聞いたところでは引き当てたらしいけど」

　別の生徒が告げたことをどうでもよさそうに聞き流し、最初の生徒が言う。

「なんであれ、だとしたら、道具を整備したところで、回避のしようがない」

「たしかに」

「呪いなんて、怖すぎる」

　すると、彼らの会話が聞こえたわけではないだろうが、ファルマチーニが「それと」と重々しく付け足した。

「一部の生徒の間では、今回の事故が、『呪い』のせいだという非科学的な意見が出まわっているようだが、この世に『呪い』なんてものはない。――頼むから、つまらないことを言って、互いに疑心暗鬼になったりしないでくれ」

せっかくの忠告であったが、それについては、あまり効果がなかったらしい。

その証拠に、先ほどとは別の生徒たちが、やはりヒソヒソ声で言い合う。

「……そんなこと言ったってなあ」

「そうだよ。実際に、事故は起きたわけで」

「信じるなってほうが、無理」

「だよな」

「――それに、前例に倣うなら、これで済むとは思えないし」

その言葉にハッとしたルネが振り返る前で、その生徒は天を仰ぎ見ながらいとも恐ろしげに続けた。

「きっと、そいつが死ぬまで、この呪いは続くんだよ」

第四章　空からの贈り物

1

週末。

アルフォンスが、無事退院してきた。

検査の結果、内臓や脳にこれといった異常は見られず、ふだん通りの生活を送るのにほとんど支障がないとわかったからだ。

ただし、利き腕を封印されたのは大きく、なにをするにも時間がかかる。

そんなアルフォンスの世話を、ルネはかいがいしく焼き始めた。

日曜日の今朝などは、いつもなら少し遅く起きるところを、むしろ平日より早起きして自分の支度をさっさと済ませ、あとから起き出したアルフォンスがなにかするのをじっと見守る。

そして、左手だけで着替えるのにもたついていると、そっと横から手伝い、ものを落としたら走っていってすぐさま拾う。

今も、アルフォンスが落とした本を拾いあげたが、なぜか彼からは「ありがとう」の代わりに舌打ちが返った。

どうやら、かなりストレスが溜《た》まっているらしい。

それはそうだろう。

片腕というだけでも不便なのに、使えないのは利き腕だ。

その不便さを思って、ルネが苛立《いらだ》ちをぶつけられても気にせずにいると、ふいに、アルフォンスがルネを呼んだ。

「ルネ」

「なに、アル？」

主人に呼ばれた子犬のごとくルネがすっ飛んでいくと、ベッドの上で胡坐《あぐら》をかいてタブレットを見ていたアルフォンスが、顔をあげて一言告げた。

「お前、昨日から、超ウザいんだけど――」

「え？」

一瞬、なにを言われたかわからなかったルネに、オレンジがかった琥珀色《こはくいろ》の瞳《ひとみ》を不機嫌そうに細めたアルフォンスが、重ねて言う。

「なにを考えているのか知らないが、自分の支度が終わってんなら、人のやることを見てないで、朝食の時間まで散歩でもなんでもしてくりゃいいだろう」

おそらく、その瞬間、ルネは、はたから見てもわかるくらい「が〜ん」といった表情をしたはずだ。

そして、そのまま、フラフラと部屋を出ていった。

言われた通り散歩をし始めたのだが、もし、「散歩」という言葉に多少なりとも前向きな意味合いがあるとしたら、今のルネはただの放浪者だ。

目的もなく、ただ冬空の下をさまよっている。

それにしても、いったいなにを失敗したのか。

ルネは、アルフォンスがイライラしているのは、てっきり不自由な生活を強《し》いられていることへのストレスだと思っていたのに、実はそうではなく、彼はルネに対してイライラしていたのだ。

たぶん、ルネがなにかやらかしたせいだろう。

よかれと思ってやったことが、必ずしも相手にとっていいわけではないのはわかっているが、それにしても、ルネはへこんだ。

いや、それ以上に、過去のトラウマが心の片隅で頭をもたげるのがわかる。

自分は、なにをしたのか。

いったい、なにがいけなかったのだろう。

原因がわからないまま、また嫌われてしまうのか——。

しだいに恐怖心にとらわれながら歩いていたルネを、ジョギング中のリュシアンが見つけて呼んだ。

「——ルネ？」

呼んだだけでなく、高級ブランドのランニングウェアに身を包んでたたらを踏んだリュシアンは、白い息を吐きながら方向転換し、ルネのほうにやってきた。途中、耳にはめていたワイヤレスイヤホンを取る。

「……リュシアン」

「どうしたんだい、こんな時間に——」

言いかけたリュシアンが、「それに」とルネの頰《ほお》に片手を当てながら続ける。

「なんだか、とても顔色が悪い」

そんなリュシアンを見あげ、ルネは今にも泣きだしそうになりながら訴えた。

「——どうしよう、リュシアン。僕、アルに嫌われてしまったかも」

「デュボワに？」

意外そうに片眉《かたまゆ》をあげたリュシアンは、一瞬、「別に、それならそれでいいじゃないか」とおのれの希望を言いそうになったようだが、ルネの様子を見る限り、そんな軽口は通用しそうにないと判断したのか、すぐに表情を改めた。

「なぜ、嫌われたと思うんだい？」

「わからない。――だから、僕」

心許《こころもと》なげに下を向いたルネに対し、リュシアンが小さく溜息《ためいき》をつく。

「……そういうことか」

このところすっかり明るくなっていたルネだが、やはり、過去のトラウマというのはそう簡単に消えるものではないらしい。それだというのに、ルネがそういうトラウマを抱えていると知っているはずのアルフォンスが、ルネを不安に追いやった。

そのことが、リュシアンはなんとも腹立たしい。

そこで、リュシアンが、ルネを近くのベンチに誘いながら言う。

「それなら、僕と一緒に原因を考えてみようよ。――よかったら、デュボワが戻ってきた昨日からのことを、順を追って話してくれないか？」

うながされるままベンチに腰かけたルネが、昨日から生活に不自由しているアルフォンスの世話をかいがいしく焼いていたことを話して聞かせる。それは、リュシアンにしてみればなんとも羨《うらや》ましい限りであったが、それでも、聞いているうちにある構図が浮かび上がってきたようだ。

ルネが「でね」と続ける。

「今朝は早く起きて自分の支度を終わらせ、アルが困っていたらすぐに助けようとずっと見守っていたんだけど、そうしたら、急に呼ばれて、超ウザいから散歩にでも行ってこいって、部屋を追い出されたんだ」

「なるほど」

うなずいたリュシアンが、苦笑する。

「となると、今のデュボワは、まさしくサモス王だな」

「──サモス王？」

「そう。自分が手にしている宝物の価値に気づいていない」

なかなか痛烈な批判を口にしたリュシアンが、続ける。

「僕にしてみれば、そんな傲慢《ごうまん》な人間は放っておけばいいと言いたいところだけど、ルネは、それでもやっぱり、自分のなにが悪かったかが知りたいんだろう？」

「うん」

意味もわからず嫌われるのはつらい。

そのことを身に染みて知っているルネは、「リュシアンは」と尋ねた。

「今の話を聞いて、僕のなにが悪かったか、わかるの？」

「ああ、たぶん」

「──本当に？」

驚いてリュシアンを見あげたルネが、食い気味に尋ねる。

「どうして?」

「わかるのかって?」

「うん」

ルネの疑問について首をかしげて考え込みつつ、リュシアンは答えた。

「理由は色々あるけど、強いて言うなら、デュボワのことは、たぶん君よりかは多くのことを知っているからだろうね」

「……そうか」

納得したルネが、「それなら」と改めて尋ねる。

「僕のなにが悪かったの?」

それに対し、「君がというより」とリュシアンが冷静な意見を述べた。

「デュボワの性格だろう」

「……アルの性格?」

キョトンとした表情をしたルネに、リュシアンが教える。

「でもって、話を聞く限り、君が敬遠された理由は、彼が口にした通りだと思う」

「口にした通り?」

「つまり、『ウザい』だ」

とたん、ふたたび「が～ん」という表情になったルネに、「だから」とリュシアンが苦笑して説明する。

「君がどうこうというのではなく、今の彼は、まさに手負いの熊《くま》なんだよ」

「──手負いの熊？」

「そう。手負いの熊は、おのれの分の悪さを隠すためなんだろうが、手当たり次第、まわりのものを攻撃していく。彼らにとって、まわりはすべて敵なんだ」

「敵……」

ルネが悲しそうに応じる前で、リュシアンが「その敵が」と告げた。

「準備万端で自分たちの様子を窺《うかが》っていたら、それはやっぱり鬱陶《うっとう》しいだろう」

「──でも、僕は敵ではない」

主張するものの、それは論点がずれていると、ルネ自身わかっていた。

リュシアンが、穏やかに受け入れる。

「わかっているさ。──ただ、問題は、デュボワのほうがそういう精神状態にないというだけで」

その説明は、今朝のアルフォンスの様子を見事に言い表している気がしたルネが、ややあって納得する。

「たしかに、そうかも。──それで、手負いの熊なんだ」

「そう。手負いの熊は、本当に始末が悪い」

リュシアンは「だから、無闇《むやみ》に近づかないほうがいい」と忠告したかったのだが、ルネは違うことを考えたようだ。

「だけど、そうやって考えると、やたらと攻撃するのは、恐怖心の表れでもあるということだよね？」

チラッとルネを見やったリュシアンが、渋々認める。

「それもあるだろうな」

すると、案の定、ルネが、今しがたまで攻撃されて傷ついていたことも忘れ、アルフォンスに同情心を見せた。

「だとしたら、アル、かわいそうだな」

だが、リュシアンは警告するように人さし指を振って反論する。

「そうだとしても、同情心は捨てたほうがいい」

「どうして？」

「それは、デュボワのようにプライドの高い人間は、人に同情されるのをもっとも嫌うからだ」

「へえ」

意外だったルネに、リュシアンが「おそらく」と推測する。

「君に対して『ウザい』と言った根底には、君の中に同情心を見てとったせいもあるのだと思う。――つまり、今みたいに同情心をもって彼に近づけば、間違いなくまた噛《か》みつかれる」

「なるほど」

リュシアンの言うことはルネにもなんとなく理解できたので、彼は深い溜息をついて考え込む。

「それなら、どうしてあげるのが一番いいんだろう。――傷つけることなく、アルの役に立つためには」

「それは、実に難しい質問だね」

肩をすくめたリュシアンが、淡々と続ける。

「なにせ、手負いの熊には近づかない、というのが鉄則だから」

「でも、実際、アルは熊ではないし……」

なんとも生真面目《きまじめ》なルネの反論に小さく笑ったリュシアンが、「たしかに」と認めて空を見あげる。

「……まあ、どうしてもというなら、まずは同情心を捨てることだね。そして、君自身がいつも通りの生活をする中で、極めて事務的に、その時々の状況に応じて手を貸してやればいいと思う」

「事務的に、か」

つぶやいたルネが、ややあってうなずく。

「――わかった」

その表情が明るいものになっているのは、なんだかんだ、こうしてリュシアンと話しているうちに、心の中でもたげた恐怖心が薄らいだからだ。

そのことに感謝して、ルネは言う。

「なんか、ジョギングの途中だったのにごめんね、リュシアン。でも、おかげで気持ちがすっきりした。ありがとう」

「どういたしまして」

嬉《うれ》しそうに微笑《ほほえ》んだリュシアンが、「君の話なら」と続ける。

「僕は、いつでも耳を傾ける用意があるから――」

まれている。

2

日曜日というのは、時間の過ぎ方が緩やかで、ふだんに比べてのんびりとした空気に包まれている。

はずなのだが、今朝のルネは違った。

リュシアンと別れて部屋に戻ると、そこにアルフォンスの姿はなく、彼は置いてきぼりを食ったと知る。

（ああ、またか――）

そこで、慌てて食堂に駆け込み、トレイの上にサンドウィッチや果物を載せて食堂内を見まわすと、奥の席にアルフォンスたちがいるのがわかった。

ちなみに、日曜日は、運営側のスタッフも多くが休みとなるため、朝や昼にビュッフェで提供されるのは、手間のかからないパッキングされたサンドウィッチやサラダなどで、果物もバナナや林檎《りんご》が丸ごと置いてあるだけである。

飲み物ですら紙パックのカフェオレや紅茶の類《たぐ》いで、すべてが簡易化されている。

ルネが近づいていくと、ドナルドとエリクが「やあ」と挨拶《あいさつ》してくれたのに対し、アルフォンスはうんともすんとも言わない。

ルネも、まずは二人に向かって挨拶する。

「おはよう、エリク、ドニー」

エリクが訊《き》く。

「部屋にいなくてびっくりしたけど、もしかして、朝から散歩？」

「……うん」

ルネがチラッとアルフォンスを見ながら答える。

いったい、彼はどんな説明をしたのだろう。——さすがに、自分が追い出したとは言っていないに違いない。

仕方なく、ルネは言う。

「早めに目が覚めたから、時間潰《つぶ》しにいいかと思って」

それに対し、苛立たしそうに舌打ちをしたアルフォンスが、「ついでに」と、まだ着席していなかったルネを見あげて言った。

「異国の王子《プリンス》に、あることないこと吹聴《ふいちょう》してきたんだろう？」

「——え？」

驚いたルネが、アルフォンスを見つめる。

なぜ、彼がそのことを知っているのか。

だが、すぐに眉をひそめ、ルネは、珍しく少々つっけんどんに訊き返した。

「——あることないことって、なに？」

だが、アルフォンスも負けていない。

険悪な雰囲気になるのもお構いなしに、怒りを孕《はら》んだ声で言う。

「俺の悪口をなんでもだよ。——吹聴してきたんだろう？」

「そんなの——」

言っていないと主張したかったが、正直なルネは、そこでついためらってしまう。

悪口を吹聴したつもりはなかったが、成り行きで、アルフォンスのことをリュシアンに相談していたのは事実だからだ。

きっと、ベンチに座って話しているのを見られたかなにかしたのだろう。

ルネのためらいを見逃さなかったアルフォンスが、「やっぱりな」と我が意を得たりとばかりに顎《あご》をあげて言い募《つの》る。

「これだから、八方美人は信用できない」

それから、エリクやドナルドから「ちょっと、アルってば」、「おい、止《や》めとけよ」と警告が飛ぶのを無視して、「前から言っているが」とさらに語気を強めて告げた。

「お前、ダイヤモンド寮に移籍したほうがいいんじゃねえの？　それでもって、異国の王子《プリンス》に尻尾《しっぽ》でも振ってろ」

その瞬間、ルネの中でなにかがプチッと音を立てて切れた。

カッと頬を赤らめたルネは、持っていたトレイをテーブルに叩《たた》きつけると、上からアルフォンスを怒鳴りつける。

「アル、君、知らないみたいだけど、僕だって傷つくんだ！　もう、アルのことなんて知らない！　そんなに部屋替えをしたいなら、好きにしていいよ！　僕も、それを受け入れるから——」

言うだけ言って目に涙を浮かべると、ルネは身を翻して食堂を出ていく。

「——ルネ！」

慌ててエリクがあとを追おうとするのを、ドナルドが「エリク」と引き止め、「なに⁉」と焦《じ》れたように応じた彼に、トレイの上に載っていたルネのサンドウィッチとバナナと紙パックのカフェオレを持たせてから送り出す。

成長期の子どもにとって、食事は実に貴重である。

そうして二人きりになったところで、ドナルドがアルフォンスに言う。

「色々あるのはわかっているけどさ、アル。——今のは、完全に君がアウトだ」

それに対し、アルフォンスは黙って席を立つと、一人、食堂を出ていった。

3

「ね、待ってよ、ルネ」

前を走るルネに対し、エリクが懇願するように言う。

「頼むから。——でないと、僕、心臓が破裂して倒れそうだ！」

すると、それが聞こえたのか、ルネが足を止めてエリクのほうを振り返る。状況的に考えて、「いいから、放っておいて」と言われるのかと思いきや、彼は涙を拭《ぬぐ》いながら心底心配そうに、エリクのほうに一歩踏み出して尋ねた。

「——大丈夫？」

「あ、うん。止まってくれたから平気」

言いながら息を整えていると、近づいてきたルネが申し訳なさそうに言う。

「別に、追いかけてきてくれなくてもよかったのに……」

「そうなんだろうけど」

身体《からだ》を起こしたエリクが、「あの状況で」と続けた。

「友だちとして、放ってはおけないし」

言ったあとで、訊き返す。

――君だって、逆の立場なら追いかけるだろう?」

「――そうだね」

認めたルネが、礼を述べる。もう涙は乾き、代わりにそこにははにかんだような笑顔があった。

「ありがとう。――それに、イヤなところを見せて、ごめんね」

「いいんだ」

エリクが言い、「というか」と主張する。

「君が怒るのは当たり前で、謝るようなことではないよ」

それから、手に持っていたサンドウィッチなどを差し出して言う。

「ほら、これ。――握って走っていたからちょっと潰れちゃったけど、朝ご飯は食べたほうがいいから、どこかで座って食べながら話そうよ」

「――うん」

ルネはありがたく受け取り、二人して近くのベンチに座る。

この学校では、日曜日に提供されるこの手の食事の持ち出しは許可されていて、暖かい季節などは、敷地内の芝生などでピクニックをしながら食べることも可能だ。――もちろん、ゴミは必ず各自が持ち帰るという教育も、ここで徹底される。

もっとも、真冬の今日は、陽射《ひざ》しがあって多少暖かいとはいえ、コートを着ていない二人には長居のできない寒さである。

　エリクが足をトントンと動かしながら、サンドウィッチを口にするルネに言った。

「あのさ、さっきのことは、完全にアルが悪いと僕は思っているけど、他でもない君とアルのために、ちょっと補足してもいいかな？」

「……いいけど、なに？」

　不審そうなルネに、エリクが「実は」と説明する。

「今朝、君がいなかった時に、部屋に副総長のサミュエルとうちの寮長のヘルベルトが一人の生徒をともなってやってきたんだ」

「へえ？」

　まったく知らなかったルネが、興味を引かれて訊き返す。

「なんの用で？」

「それが、彼らが連れてきた生徒は、アメジスト寮のリチャード・オルコットという第四学年の生徒で、弟のマイケル・オルコットが、現在、僕たちと同じ学年でサファイア寮にいるんだけど、わかる？」

「えっと……」

　少し考えてから、ルネが答える。

「オルコットって、たしか、僕と部屋を換わった生徒だった気がする」

実に、アルフォンスが最初はルビー寮だったように、ルネも、部屋替えでアルフォンスと一緒になるまでは、サファイア寮で暮らしていた。その当時の同室者《ルームメイト》が、話題にあがっているマイケル・オルコットと、今現在、同室になっているということだ。

「そう」

うなずいたエリクが、「つまり」と説明する。

「オルコットは、アルにとって、君の前の同室者《ルームメイト》に当たる生徒だけど、そいつが、どうやらクリスマス休暇前から引きこもりになっていて、ずっと実家にいるんだって」

「そうなんだ？」

知らなかったルネが驚いたように言い、エリクが「たしかに」と続ける。

「このところ、校内で姿を見ていない気がしたけど、僕も、隣人だったとはいえ、そんなに親しくしていたわけではないし、特に目立つような生徒でもなかったから気づかなかった」

「ふうん」

サンドウィッチを食べ終わったルネが、半分に折ったバナナの片方をエリクに渡しながら訊く。

「だけど、なんで引きこもりになったんだろう？」

「それが、オルコット曰《いわ》く、アルのせいだって」

少し憤慨する口調になったエリクが、その勢いでカプリとバナナにかぶりつく。

それを見ながら、ルネが首をかしげて尋ねた。

「なんで、アルのせい？」

「あくまでもオルコット側の主張だけど、精神的に弱っていたマイケルのことをアルが冷たく撥《は》ねつけたせいで、マイケルはとても傷ついて適応障害的な症状を発症したって言うんだ」

「適応障害……」

ルネがつぶやく横で、エリクが「たしかに」と譲歩する。

「精神的に弱っている時にアルと同室になるのは結構きつかったろうけど、マイケルの場合、こっちが緩衝材代わりの役割をしようとしても、僕やドナルドが彼らの部屋に行くのを嫌がっている節があって」

「へえ、どうしてだろう？」

ルネが、心底不思議に思って訊く。

ルネにしてみれば、アルフォンスとの関係性を正常に保つのに、二人の程よい距離感での接し方はなによりも心強いものだった。

「わからないけど、当時、ドニーが言っていたのは、僕たちがいることで、アルを取られたような気がしているんじゃないかということだった」

るねえ」

ルネが少々困ったような表情になって、「でも」と告げる。

「アルって、そういう束縛が大嫌いだよね？」

「うん。——自分は結構するくせにね」

チクリと嫌みを言ったエリクが、「でも、そんなこんなで」と話を進めた。

「アルが冷たくしたせいで、マイケルが引きこもりになったと思っている兄のリチャードは、ちょっとした復讐《ふくしゅう》をしようと企《たくら》んだようなんだ」

「復讐？」

それはまた、穏やかではない。

不安になったルネに、エリクが説明する。

「それを思いついたのは、構内を散歩していた時に、たまたま変わった指輪を拾ったからだそうで、彼は、以前、上級生から、学校の怪談的に『サモス王の呪《のろ》いの指輪』について聞かされたことがあったために、その指輪を利用してアルへの悪戯《いたずら》を考えついた」

「——え、まさか⁉」

ルネが驚き、エリクが「その『まさか』で」と認める。

「アルのシチューに指輪を入れたのは彼だった。アルがパンを取るのに気を取られている隙《すき》に入れたらしい。それでもって、アルが指輪を吐きだしたあと、真っ先に呪いのことを言い出したのも、実は彼だったんだ」

食べ終わったバナナの皮をぶらぶらさせつつ、エリクが「ちなみに」と付け足した。

「そのことは、生徒自治会執行部が防犯カメラの映像を入念にチェックしてわかったらしいよ。それで、いちおう確認の意味を込めて、リチャード・オルコットのところに釈明を求めに行き、そこで色々と話し合いがもたれた結果、まずはアルに謝罪するという流れになったみたい」

「そうなんだ」

複雑そうにうなずくルネに、やはり複雑そうな表情のエリクが言う。

「リチャードが、アルを前にして主張したところによると、持てる者は、自分の幸運に感謝して持たざる者に多くを与えるべきなのに、アルはそれをしなかった。だから、その傲慢さをわからせるためにも、『サモス王の呪いの指輪』をアルのシチューに入れる必要があったんだとかって」

「傲慢さをねえ」

それこそ「傲慢」という気がしなくもない。

ルネが考える横で、エリクが「ただ」と教える。

「リチャード自身は、本当に呪いなんてものがあるとは信じていなかったらしく、アルが怪我《けが》をしたと聞いて、怖くなったんだって」

[illegible]かして、それがあったから、サミュエルたちに事情を問いつめられた時に、あっさり白状したとか？」

「その通り」

認めたエリクが、「リチャード・オルコットには」と言う。

「ちょっとアルを懲らしめてやろうという思いはあっても、そのことで危害を加えようという意思はなかったらしい」

「そうか」

それは、アルフォンスにとって救いだったろうと、ルネは思う。誰だって、殺したいほど憎まれているなどとは、思いたくないものだからだ。

だが、「ただね」とエリクは言った。

「裏にそんな事情があったと知ったアルは、結構ショックを受けたみたいで」

「――アルが？」

驚くルネに、エリクが苦笑して応じる。

「アルだって、いちおう人間だから」

「あ、うん。わかっている」

それはまさに、リュシアンがアルフォンスを「手負いの熊」と評した時に、ルネが逆の言い方で主張したのと同じことだ。

　アルフォンスは、熊ではなく人間だ。

　うなずいたルネに、エリクが、「彼も」と続けた。

「傷つくことだってあるわけで、たぶんだけど、今、あんな風に怪我をしてイライラしているところにそんな話を聞かされてしまい、完全に許容量をオーバーしてしまったんだと思うんだ。──それで、つい、ルネにあんなことを言ったんじゃないかな」

「……そっか」

　つまり、積み重なったイライラが頂点に達し、それをすべてルネにぶつけてしまったということだろう。

　うつむいたルネが、「それなのに」と情けなさそうに言った。

「僕までアルを傷つけちゃった……」

　それに対し、エリクが「いや」と手を振って否定する。

「あの場合は、しょうがないよ。ルネにだって感情はあるんだし、最初に言ったように、あれは怒って正解」

　そう言ってルネを庇《かば》った上で、エリクが「たださ」と続けた。

「もしよければ、そんな事情もあることだから、ここはひとまず、アルのことを許してあげてくれないかなって」

いみを吹っ切るようにスッと背筋を伸ばしたルネが、そこで、改めてエリクのほうを見て礼を言う。

「というより、話してくれてありがとう、エリク。おかげで、このあとの行動に後悔しないで済みそう」

「——あ、いや、そんな」

照れるエリクに、ルネがさらに言う。

「これまでもずっと思っていたけど、エリクとドニーが隣人でいてくれて、僕はどんなに心強いか——」

「まあ、なんというか」

半分は照れ隠しだろうが、エリクがそっぽを向きながら応じる。

「なんだかんだ言っても、結局のところ、あのアルと同室者《ルームメイト》でいるというのは、結構神経を使うだろうから、僕たちでよければ、いつでも逃げ場になるよ」

「うん。頼りにしている」

会話に一段落がついたところで、ちょうど身体が冷えてきたこともあり、二人はベンチから立ち上がると、並んで寮エリアへと戻っていった。

4

ルネが部屋に戻ると、アルフォンスはベッドの上に仰向けに横たわり、天井をじっと見つめていた。ただし、右腕は石膏《せっこう》で固められているので、体勢が不自然で見た目にとても痛々しい。

ルネが、そんなアルフォンスを遠目に見ながら、まずは謝った。

「アル、さっきは怒鳴ったりして、ごめん」

それに対し、返事はない。

やはり、完全に怒らせたようだ。

なんとも気まずい雰囲気の中、いったいどうしたら冷え切った二人の関係を修復できるのか、あれこれ考えながら自分のテリトリーに足を向けたルネの背後で、アルフォンスがポツリともらした。

「——なあ。俺って、そんなに傲慢か？」

ハッとして振り返ったルネの前で、アルフォンスは身体を起こし、立てた膝《ひざ》の上に左腕で頬杖《ほおづえ》をついた姿勢で、回答を求めるようにこっちを見た。

シモンのような完璧《かんぺき》な美貌《びぼう》ではないが、それなりに整った顔をしているアルフォンこういう時、どこか崩れた男の色気のようなものを醸し出す。彼が、多少強引で気分屋であっても、あまり人から嫌われないのは、このためだろう。

ルネは、彼のほうに近づきながら慎重に言葉を選んで答える。

「……別に、傲慢とは思わないよ」

それから、アルフォンスの前で立ち止まると、「ただ」と意を決して付け足した。

「正直、もうちょっと人の気持ちを考えてほしい、と思うことはある」

言ってしまった。

ついに、日頃感じていたアルフォンスへの不満を口にした。

アルフォンスにわかってもらいたい一心であったが、言ったとたん、部屋の空気がひんやりしたように感じたルネは、すぐに自分の言葉に後悔し、さらに、なにも言わないアルフォンスの態度にも焦って、慌てて「あ、えっと」と取り繕う。

「ごめん、アル。傷ついたよね？　やっぱり、今のは――」

「取り消し」とルネが撤回する前に、アルフォンスがオレンジがかった琥珀色の目を細めて鋭く言う。

「バカ。正しいと思って言ったことなら、謝るな」

「――でも」

ルネは、混乱したまま反論する。

「正論だからって、相手を傷つけていいというものでもないし」

「そうか?」

アルフォンスは考えるように左上を見たあと、「だが」と主張した。

「傷つかなければわからないことだって、たくさんあるだろう」

「――傷つかないとわからない?」

意表を突かれたように繰り返したルネに、アルフォンスが本音を吐露する。

「さっきの、『傷ついたよね?』という質問だが、たしかに、すごく傷ついたよ。めちゃくちゃ傷ついた。――でも、お前が俺を傷つけようと思って言ったのではなく、先に進むために本音をぶつけているのはわかったし、それを言ったら、以前のお前だって同じだったろう?」

ルネがハッとしてアルフォンスを見つめる。

たしかに、彼の言う通りだからだ。

おのれの欠点を突きつけられるのは、誰だってつらい。つらくて、そこから逃げ出したくなる。

でも、向き合える機会が巡ってきた時に、つらいからといって自分の欠点と向き合わなければ、その欠点は欠点のままだし、下手《へた》をすれば肥大して、その人間の人格の大部分を[illegible]になってしまうだろう。

その代わり、どんなにつらくても逃げ出さずに向き合えば、そこには欠点を補って余りある新しいなにかが生まれるはずだ。

そして、アルフォンスは、今まさに、おのれの欠点と向き合おうとしている。

ルネが大きくうなずいた。

「そうだね、アル。たしかに、欠点を突きつけられるのはつらいけど、それは、欠点を直す最大のチャンスでもあるから、僕はよかったと思っている。——それに、あの時は気づかなかったけど、友だちの欠点を指摘するのは、指摘するほうもつらいんだってことが、今わかった。でも、それをできるのが友だちだというのなら、やっぱり僕は謝らないことにするよ、アル。——もう一度言うけど、少しは、人の気持ちも考えてほしい」

「人の気持ちねえ——」

改めて懇願され、アルフォンスはものすごい難問にぶつかったような表情をしながら訊き返した。

「それって、たとえば？」

「たとえばって、そうだな」

まさか具体例をあげることになるとは思ってもみなかったルネが、首をひねって考え込む。

「えっと、直近だと、リュシアンのこととか？」

とたん、アルフォンスが嫌そうにそっぽを向くが、ルネは止めなかった。

「アルが彼を嫌いなのは知っているけど、僕は、君と違って彼のことが好きだから、嫌いだという思いを僕にまで向けないでほしい。好きな人のことをあからさまに嫌いだと言われるのって、正直、とても傷つくから」

「だが、それを言ったら、友だちが、自分の嫌いな奴《やつ》と仲良くしているのだって、結構傷つくぞ」

　やや子どもじみた反論に、ルネが「そんなこと言われても」と言い返す。

「好き嫌いは人それぞれだし、自分が嫌いだからって、それを他人にまで強要するのは違うと思うよ」

「それは、好きなものを強要するのも同じだな」

「そうだけど、僕は別に、アルにリュシアンのことを好きになってほしいなんて言っていない。――ただ、僕がリュシアンと仲良くするたびに不機嫌な態度を取るのを止めてほしいと言っているだけで」

　これまでの鬱屈《うっくつ》をぶつけるように反論したルネが、「だいたい」とアルフォンスの真意を問う。

「なんで、そんなにリュシアンのことが嫌いなの？」

「嫌いだから――」

言下に返したアルフォンスが、「それこそ」と続ける。

「好き嫌いって感情だから、理由なんてたいして意味はないだろう」

「でも、食わず嫌いってこともあるし」

それに対し、鼻で笑ったアルフォンスが、「むしろ」と応じた。

「……食いすぎて敬遠したってこともある」

「食いすぎて――？」

意外に思ったルネが、その点を掘り下げようとするが、アルフォンスのほうではそれ以上その話はしたくないらしく、「わかったよ」と語気を強めて宣言する。

「お前がそこまで言うなら、今後はできるだけ、あれこれ言わないように意識するさ」

「――態度もね」

慌てて付け足したルネに、アルフォンスは渋々うなずく。

「態度にも出さないように努力する」

言ったあとで、「ただ」とアルフォンスが付け足した。

「ちょっと言わせてもらうと、俺にとって、人の気持ちを考えるのがえらく難しいと思えるのは、お前の欠点を指摘する際、俺は、お前のように、それを『つらい』とはこれっぽっちも感じなかったってことだな」

「――え？」

心の底からびっくりしたルネは、まさにハトが豆鉄砲を食ったような顔になって、アルフォンスのことをジッと見つめる。

「本当に？」

「ああ」

「からかって言っているのではなく？」

「マジで」

それから、肩をすくめ、「今さっき」と告げた。

「お前は、俺に対して言ったことでお前自身がつらい思いをしていると言っていたが、俺からすると、その神経がよく理解できない。逆に言えば、俺はお前に対してなにか言う時、当然のことを指摘していると思って言っているからな。――そのことで、つらくなる意味がまったくわからない」

（オーマイゴッド――）

二人の間の根本的かつ決定的な違いを見つけ、ルネは絶望的に心の中でつぶやくが、ほどなく、その口からクスッと笑いがもれだした。

それを見て、アルフォンスが言う。

「その笑いの意味も、よくわからないが――」

「ごうん」

クスクスと笑いながら謝ったルネが、「でも、なんか」と言う。

「人間って、面白いなと思って——」

それに対し、やはりフッと鼻で笑ったアルフォンスが認める。

「たしかに、それは言えている」

そうして部屋の空気が弛緩《しかん》したところで、緊張の糸がほぐれたのか、アルフォンスが顔をしかめて腕をさすった。

その頬が妙に赤みを帯びているのに気づいたルネが、慌てて尋ねる。

「もしかして、痛いの？」

「——ちょっと」

アルフォンスの「ちょっと」は、おそらく相当だ。

そのことを理解し始めているルネは、手を伸ばしてアルフォンスの額に触った。

「熱い。——熱があるんじゃない、アル？」

「そうかもしれない」

そこで、焦ったルネが、身を翻して告げた。

「僕、校医に知らせてくる」

だが、その腕をつかんで引き止めたアルフォンスが、「いいから」と言って、冷蔵庫を顎で示して主張する。

「二、三日は痛みや熱が出るかもしれないと、医者に言われているんだ。そのための薬ももらってあるから、水を持ってきてくれないか」

「──わかった」

慌てて冷蔵庫まで走ったルネが、水のペットボトルを取り出し、キャップを外してからアルフォンスに差し出す。

そうして、薬を飲んで横たわったアルフォンスを覗《のぞ》き込み、ルネが心配そうに訊いた。

「本当に、校医を呼ばなくて平気？」

「ああ」

薬が効いてきたのか、先ほどよりは穏やかな顔になったアルフォンスが、ゆっくりと目を閉じた。

それを見おろして、ルネが言う。

「ゆっくり休んで」

それから、身を翻して冬の陽光が射し込む窓のブラインドをおろしていると、寝入ったと思っていたアルフォンスが、ルネの背後でポツリともらした。

「──俺、やっぱり死ぬのかな？」

その瞬間、ハッとして手を止めたルネは、ようやく理解する。

云々《うんぬん》なんて些細《ささい》なことではない。

今のアルフォンスを苦しめているのは、死への恐怖だ。

それも当然で、呪いをどこまで信じるかはともかく、前例に照らせば、どうしても死というものが否《いや》が応でもちらつく。

人は、いつかは死ぬ。

頭ではわかっていても、そのことを実感している人間は少ない。

逆にいえば、それを実感してしまったとたん、その人間は死への恐怖にとらわれてひどく生きづらくなってしまうだろう。

そして、今のアルフォンスは、まさに、一瞬先にあるかもしれないおのれの死に怯《おび》えているのだ。

(なんで、そんなこともわからなかったのか――)

ルネは激しく自分を責め、同時に心の底から憤りを感じた。

(こんなのは、おかしい)

絶対に変である。

そこで、ようやく薬が効いて寝息を立てはじめたアルフォンスをその場に残し、ルネはあることをするためにそっと部屋を出ていった。

5

（こんなのは、絶対におかしい——）

ルネは、憤慨しながら校舎エリアへの道を走る。

そもそも、最初にあの指輪を手にしたのは、ルネなのだ。それを、ルネがうっかり落としたせいで、こんなことになってしまった。

（つまり、誰かが呪われなければならないのだとしたら、それは、この僕なのに）

なぜ、アルフォンスが苦しまなければならないのか。

寮エリアと校舎エリアをつなぐ階段を軽快に駆けおりつつ、ルネは自問自答を続ける。

（それに、それ以前の問題として——）

階段を降り切った先にある「聖母の泉」の前までやってきたルネは、そこで息を切らしながら声に出して問いかけた。

「僕、なにか悪いことをしましたか？」

そう尋ねたくなるのも、無理はない。

発端は、夢だ。

クリスマス休暇に入る直前に見た夢——。

その夢では、誰かがルネに、「女神からの返礼の品」が届くゆえ、泉まで取りに行くように言い、目が覚めたあと、「聖母の泉」まで取りに行ったら、水の中から手が出てきて銀の小箱を渡された。

その中に、あの指輪が入っていたのだ。

つまり、あれは、女神からの返礼の品の一つであるはずなのに、なぜか、女神の呪いがかけられていた。

(それって、どういうことなんだ?)

返礼の品がそんなに物騒なものだなんて、聞いたことがない。

なにせ、「返礼」だ。

(返礼って、お礼の品ってことだよね――?)

言い換えると、感謝の気持ちだ。

(それなのに、呪い?)

それでもなんとか理屈をこねると、返礼の品を渡した女神は、その実、ルネを呪うためにあの指輪を寄越したことになり、それがなぜかと考えた場合、ルネが女神の機嫌を損ねたからということになるのだろう。

だが、ルネのほうには、まったく覚えのない話であった。

「仮に、僕に対してなにか怒っていたとして、それならそうと、正直に言ってくれたらいいのに」

ルネは、人がいないのをいいことに、声に出して文句を言い続ける。

「『返礼の品』なんてだまし討ちみたいなことをして、挙げ句の果てに、なにも関係ないアルを苦しめるなんて、ひどすぎます！」

しだいに興奮してきたルネが、「せめて」と願う。

「とばっちりにあったアルの上から呪いを取り除いて、僕の上に戻してください。――でも、その時は、僕のなにがいけなかったのか、ヒントくらいはくださいね。そうしたら、一所懸命償いますから!!」

ルネの必死の嘆願にもかかわらず、「聖母の泉」からはなんの反応もなく、冬の午後の陽射しの下で、ただこんこんと水が湧《わ》き出ていた。

この前のように、腕が出てくることもない。

なんでもいいから、なにか解決の糸口を示してくれないかと期待して待ってみるが、いくら待っても、なにも起こらなかった。

これが、現実というものか。

頭上では、空高く鳥が鳴いている。

のどかだ。

びっくりするくらい、のどかである。

人を呪うようなものを寄越す女神の泉なのかと疑いたくなるほど、その光景は静かで、かつどこか清々《すがすが》しい空気に包まれていた。

そのギャップに、ルネは悲しくなりながら訴える。

「お願いです、女神様。アルが苦しんでいます。そんなアルを、僕はどんなことをしてでも助けたいんです。だから、なんでもいいからヒントをください。——僕は、なにをしたらいいんですか?」

言っている途中、ルネの目からは涙がこぼれ落ちた。

それでも、聖母の泉は静まり返ったまま、なんの答えも返してはくれない。

祈りとは、かくも届かないものなのか。

そうして、一時間ほどその場で願っていたルネであったが、そこにいてもなにも変わらないと悟ったところで、ようやく諦《あきら》め、涙を拭《ふ》きながら背を向けた。その際、一言「もういいです」と投げやりにつぶやき、来た道をゆっくりと戻り始める。

(……もういい。奇跡なんて期待した僕がバカだった)

ルネは思うが、半面、「でも」と拳《こぶし》を握りながら誓う。

(絶対に諦めないから。なんとしても、アルにかけられた呪いを解いてみせる——)

そうして、歩いていくルネの上に、大きな影が落ちた。

雲にしては小さく、しかも、ずっと動きが速い。

スーッと横切った影に気づき、ルネが頭上を見あげると、かなり低いところを大きな鳥が横切っていくのが見えた。

翼を広げた姿は、ゆうに二メートルくらいはありそうだ。

（トンビ――？）

とっさに思ったルネだが、定かではない。

ただ、鳥の姿を求めて上を向いている彼が目を細めて見つめた先で、なにかがキラリと光り、それはそのまま時おり陽光を反射してキラリ、キラリと光りながら、ルネの目の前の草むらに落ちてきた。

（――え、なに？）

驚いたルネが、駆け寄って膝をつく。

（えっと、たぶん、このあたりのどこかに……）

思いながら、草むらをかき分けて落下物を捜す。

すると、キラッと。

草の間でなにかが光った。

（あった、これだ――）

見つけたルネが拾いあげると、それはかすかに青みを帯びた透明な石だった。それが、陽光を反射して、内側からキラキラと輝いている。

どうやら、ただの石ではない。

研磨された宝石だ。

「でも、なんで——?」

驚きのあまり、とっさに声を出してしまったルネは、それを陽光に翳《かざ》しながら首をかしげて考える。

なぜ、こんなものが落ちてくるのか。

ただの石ならまだしも、明らかに人の手で研磨された宝石である。

それが、空から降ってきた。

いったい、どういうことなのか。

宝石を持ったまま呆然《ぼうぜん》と佇《たたず》むルネの頭上を、ふたたび大きな鳥影がよぎる。

気づいたルネがふたたび上を向き、突如、あることを思い出す。

それは、冬学期の初日に、リュシアンが教えてくれたことである。

それによれば、クリスマス休暇に入る直前に二人が保護したハゲワシは、獣医のもとで治療を受けたあと、保護団体の手で無事自然に帰されたということで、もしかしたらそのあたりをまた元気に飛んでいるかもしれないと——。

ルネが、頭上を見あげたまま、口をあんぐりと開けて「そうか」と言う。

「トンビじゃない。——あれは、ハゲワシだ!」

冬の青空を悠々と飛びまわる大きな鳥。

ルネは、生まれてこの方、ハゲワシを見るのは二回目だが、さまざまな人々の絶え間ない努力の結果、一度は絶滅しかけたとされるこのあたりにも、ある程度の個体数が戻ってきていると、あの時、リュシアンは言っていた。

もちろん、頭上のハゲワシが、自分たちの助けたハゲワシであるかどうかはわからないが、ルネの中で一つの結論が導き出される。

（今の僕たちに必要なのは、アレキサンダー大王にまつわるダイヤモンドではない）

そうではなく——。

（「ワシ」がもたらす——ということの方が重要だったんだ!!）

例の寓意図が告げていたのは、まさにそれだった。

ラテン語で書かれたタイトル、『女神の呪いを解くものはなにか?』というのは、言い換えると、指輪にかけられた女神の呪いを回避するもののことで、それはワシがもたらす特別なダイヤモンドである必要があったのだ。

そして、ハゲワシも立派にワシの一種であることを思えば、他でもない、それが今、ルネの手の中にある。

これは、「聖母の泉」への嘆願の返事なのか。

それとも、初めからすべて決まっていたことなのか。

色々と考えるべきことはありそうだったが、それらはひとまず置いておき、ルネはすぐさま「聖母の泉」に取って返すと、宝石についた泥や汚れを水で洗い落とし、改めてそれを眺めてみる。

水にさらされて透明度を増した宝石が、彼の手の中でキラキラと輝く。

（間違いない！）

ルネは、大きくうなずいた。

（これで、アルは大丈夫――）

興奮のうちに訳のわからない確信を得たルネは、それをふたたび掌《てのひら》でギュッと握りしめると、「聖母の泉」に向かって一礼する。

「ありがとうございました！」

それから、パッと身を翻し、寮への道を全力疾走で戻っていった。

6

その日の夕刻。

ぐっすり寝たおかげで元気になったらしいアルフォンスは、いつも通り、みんなと夕食をともにした。

とはいえ、相変わらず右手は使えないため、左手で不器用にパスタをフォークで巻く姿を見ながら、ルネが心配そうに尋ねる。

「ねえ、アル、本当に痛みは引いた？」

「ああ。バッチリ」

そんな二人を見て、エリクがホッとしたように言う。

「その様子だと、二人の仲もバッチリみたいだね」

「――あ、うん」

認めたルネが、「さっきは」とエリクとドナルドに謝る。

「心配かけてごめん。――でも、僕もアルも大丈夫だから」

言ったあとで、「ね、アル？」とルネが確認を求めると、体裁が悪いのか、肩をすくめたアルフォンスが、「そもそも」と突っぱねた。

「心配されるようなことでもないし」

それに対し、ドナルドと顔を見合わせて苦笑したエリクが、「それなら」と提案する。

「アルの怪我ですっかりそのままになってしまったけど、これ以上アルにおかしなことが起きないようにするために、夕食のあと、指輪にかけられた呪いの解除法について、改めて考えてみない？」

「賛成」

ドナルドが同意し、「なにより」と主張する。

「もう一度、じっくりあの指輪を見てみたい」

どうやら、彼らの場合、心配半分興味半分というところらしい。

対して、当事者であるアルフォンスの表情は少し翳《かげ》った。指輪の呪いについて考えるということは、考えないようにしているおのれの死の問題と否応《いやおう》なく向き合う必要があるからだろう。

それでも、逃げ出さないのがアルフォンスだ。

そこで、食事のあと、部屋に戻り、アルフォンスが机の抽斗《ひきだし》から取り出した「サモス王の呪いの指輪」をみんなで眺める。

最初に異変に気づいたのは、指輪を取りあげたドナルドだ。

「考えたんだけど、この指輪本体にも、なにかヒントのようなものがあるんじゃないかなって――あれ？」

　話している途中、眉間《みけん》にしわを寄せた彼は、「なあ、これって」と他の三人に対して疑問を投げかける。

「変じゃないか？」

「なにが？」

「どれ？」

　アルフォンスとエリクが口々に言いながら顔を寄せ、ルネも遅れて身を乗り出した。

　すぐにエリクが「あっ」と声をあげ、異変を認める。

「たしかに、変だ。宝石が増えている」

　ほぼ同時に、アルフォンスも異変に気づいたらしく、ドナルドの手からひったくるように指輪を奪った。

「なんだ、これ⁉」

　彼らが驚くのも、無理はない。

　指輪には、三つ目の宝石がはまっていたのだ。

　前回見た時、指輪には、間違いなく二つしか宝石はついていなかった。

　一つは、言わずと知れた、サモス王のものだといわれる人間の顔が彫刻された大きめの赤縞瑪瑙《サードオニクス》で、指輪はそれが大半を占めている。

もう一つが脇《わき》に添えられた小さなエメラルドで、ちょっと前まで、指輪にはその二つだけしかついていなかったのだ。そして、最後の一つはくぼみだけが残され、そこにあったと思われる宝石は失われていた。

それらのことを、この指輪にまつわる言い伝えと照らし合わせた場合、その失われた三つ目の宝石こそが、指輪にかけられた呪いを解く鍵《かぎ》であるはずだった。そして、この指輪について描かれたとされる寓意図から判断して、それはアレキサンダー大王にまつわるダイヤモンドであると、彼らは推測していた。

今日は、その失われた宝石を探すためにはどうしたらいいかを考えようとしていたのだが、どういうわけか、その宝石が指輪にはまっている。

いったい、どういうことなのか？

ただし、驚きを口にする三人の横で、極めて奥ゆかしく「へえ」と驚く素振りを見せたルネは、もちろん、とっくにそのことを知っていた。

なにせ、そこに宝石をはめ込んだのは、他ならぬルネ自身だからだ。

あのあと、急いで部屋に戻り、鍵のかかっていないアルフォンスの机の抽斗から指輪をこっそり取り出して、拾ったばかりの宝石をはめてみたところ、それはぴったりとはまり、しかも、あまりにぴったりすぎるせいか、どんなに振っても取れなくなった。

まるで、あるべきところに納まり、二度とそこから動くものかという意志すら感じさせく強靭さだった。

だから、正直、今のルネはとても白々しい演技をしているのだが、ふだんなら敏感に察する彼らも、指輪のことに気を取られ、まったく気づく様子はない。

驚いたまま、エリクが言う。

「え、どうして石がはまっているわけ？」

それから、アルフォンスを見て問う。

「アル、なにかした？」

「していたら、こんなに驚くかよ」

「だよね」

バカなことを訊いたと言わんばかりにうなずいたエリクが、ルネを振り返って尋ねる。

「それなら、ルネはなにか知っている？」

「知らない」

極めて短く答えたのは、ぼろを出さないためである。それでも、わずかに頬が赤くなっていたし、目も完全に泳いでいた。

だが、今回も、指輪に気を取られている三人は、それに気づかずに会話する。

「だけど、だとしたら、誰がこんなことをしたんだろう？」

「たしかに」

認めたドナルドが、続けて言う。

「いったい、どうなっているんだ？」

それに対し、腕を組んで考え込んでいたアルフォンスが、「もしかしたら」と推測する。

「俺の寝ている間に、誰かが部屋に忍び込んだとか？」

言ったあとで、ルネを見て尋ねる。

「お前、ずっと部屋にいた？」

「ううん」

ルネは首を横に振り、若干早口になりながら答える。

「アルを起こさないように、散歩に出かけた」

「となると、誰かが忍び込んだのは間違いないな。──問題は、それが誰かだが」

すると、少し考え込んでいたドナルドが、「でもさ」と二つの事実を指摘する。

「なんでこうなって、それを誰がやったにしろ、もし、あの三枚目の寓意図がこのことを告げていたのなら、欠けていた宝石が納まったことで、指輪にかけられた女神の呪いは解かれたことになり、結果、これ以上、アルにおかしなことが起きる心配はなくなったということだよね？」

「──あ、そうか」

そもそも、彼らはそのためにここに集まっていたのだ。

ポンと手を打って認めたエリクが、アルフォンスを振り返って歓《よろこ》びの声をあげる。

「つまり、結果オーライ。これで、よかったってことだよ、アル！」

「――ああ、まあな」

答えるアルフォンスの声にも、かつてないほど安堵《あんど》の色がある。

ただ、まだ半信半疑であるらしく、「でも、本当に」とつぶやいた。

「これで、俺は女神の呪いから解放されたのか？」

それに対し、聞き逃さなかったルネが力強く答えた。

「絶対だよ、アル。――だって、呪いを解くのに必要とされていた宝石が、こうして見つかったわけだから」

「そうか」

オレンジがかった琥珀色の瞳を輝かせたアルフォンスがルネを見て、それから指輪に視線をやってうなずく。

「そうだよな」

その声に、徐々に力強さが戻ってくる。

「これがどういう経緯で見つかったものかは知らないが、こんな風にぴったりとはまっているんだから、きっとこれでいいんだろう。――は、ざまーみろだ」

それが誰に対する言葉なのかはともかく、ようやくアルフォンスは心の底からホッとしたようであった。

そんなアルフォンスを見て、ルネも心の底からホッとした。

7

翌日の昼休み。

アルフォンスとルネは、二人揃《そろ》って生徒自治会執行部の執務室に呼び出され、昨夜のうちに返還した「サモス王の呪いの指輪」について、総長のファルマチーニから直々に事情を訊かれた。

なにせ、あまりに唐突だった三つ目の宝石の発見については、当然のことながら、上級生たちの間にも衝撃をもたらしていたからだ。

「――わからない？」

眉をひそめて訊き返したファルマチーニに対し、アルフォンスが「はい」と答えて淡々と告げる。

「今も言ったように、俺は痛み止めの薬を飲んで寝ていたから、まったく気づかず、起きたらこうなっていたんです」

「つまり、寝て起きたら、三つ目の宝石が指輪にはまっていたと？」

「そうです」

「――なるほど」

いささか納得がいかないように応じたファルマチーニが、今度はルネに視線を移して訊く。

「それなら、君はどうなんだ、デサンジュ」

「……えっと」

ルネがどぎまぎしながら答えた。

「僕も、なんでそうなったか、さっぱりわかりません」

「でも、君は、ずっと部屋にいたのではないのか？」

「いません。――アルの具合が悪そうだったので、寝ている邪魔をしないよう、しばらく部屋を出ていましたから」

「それなら、その間、どこにいたんだ？」

ルネの言葉に対し、ファルマチーニが詳細を尋ねる。

「散歩に出ていました」

「散歩？」

ファルマチーニが、意外そうに訊き返す。

「この寒空の下？」

「ずっとではありませんが、はい、そうです」

[illegible]、眉間にしわを寄せたまま、ファルマチーニが改めて問《と》い質《ただ》す。

「それなら、本当に、君たちは、なぜ指輪がこうなったか、わからないと？」

「はい」

「わかりません」

アルフォンスとルネが口々に言い、ファルマチーニが深い溜息をつく。

「つまり、君たちの部屋には、知らない間に仕事をしてくれる小さな妖精《ようせい》でも住んでいるということか？」

冗談なのか。

はたまた、本気か。

真意がわからないまま、互いに顔を見合わせたルネとアルフォンスが、ふたたびファルマチーニのほうを向いて肩をすくめる。

「……さあ」

「知りませんけど」

すると、そんな彼らの背後で、指輪を検分していた副総長のサミュエルが、顔をあげて「これは」と告げた。

「ダイヤモンドではなく、おそらくジルコンだ」

「――ジルコン？」

振り返ったファルマチーニが訊き返し、サミュエルが目に当てていた円筒形の小さな拡大鏡を降ろしながら応じる。

「ええ。鑑定に出せばはっきりしますが、僕が見る限り、これはジルコンです」

とたん、アルフォンスとルネが驚いて、口々にサミュエルに訊いた。

「本当に？」

「間違いなく？」

　それに対し、サミュエルが苦笑して答える。

「だから、鑑定に出せばはっきりすると言っただろう。僕の言うことが信じられないのなら、鑑定結果を待つといい」

　それに対し、ルネが慌てて弁明する。

「あ、えっと、サミュエルの見立てを信じないわけではないんですけど、僕たち、例の寓意図の謎を解いて、女神の呪いを解くにはワシがもたらすダイヤモンドが必要だと思ったから」

　ルネがうっかり言い間違えたことを、アルフォンスが横から訂正する。

「というか、これから探そうと思っていたのは、アレキサンダー大王にまつわるダイヤモンドだけど、な」

「あ、そうか」

　訂正を受け入れたルネを見て、サミュエルがわずかに目を細めて言った。

[illegible]アレキサンダー大王にまつわる宝石と限定するなら、ダイヤモンドと考えるのが妥当だが、今、ルネも言ったように、それを『ワシがもたらすダイヤモンド』と考えた場合は、実は、ジルコンにも同じようなことがいえる」

「そうなんですか？」

驚くルネに、サミュエルが教えた。

「ああ。ジルコンには、ダイヤモンドと同じように、谷底に肉を投げてワシに取ってこさせるという伝説があるんだ」

サミュエルのもたらした情報に対し、ルネとアルフォンスが目を丸くする。

もっとも、驚いたのは彼らだけではなかったようで、ドアのところに控えていた第四学年のセオドア・ドッティも、意外そうな視線をサミュエルに向けた。

彼は、例の寓意図が示すこと――、言い換えると、「賢者の石」に近づくために探すべきものが、ダイヤモンドではなくジルコンである可能性を彼の従兄弟《いとこ》から聞いて知っていたが、そのことはひとまずドッティ家だけの秘密にしておいたからだ。

だが、この様子からして、サミュエルも、いつの間にか、あの寓意図が示すものがジルコンである可能性に気づいていたのだろう。

やはり侮れないといった表情で、セオドアがサミュエルのことを眺める前で、当のサミュエルが「それに」と続けた。

「そもそも、君たちも仮説を立てたあの寓意図では、描かれている鳥に対して人物がやけに小さい。となると、あれを神格化されているアレキサンダー大王と見立てるには少々無理があり、よって、必然的にジルコンの可能性が強くなるんだ」

「へえ」

知らなかったルネが感心し、すぐに「でも、そうか」となにか思うところがあるようにつぶやく。

「ジルコンねえ」

その瞬間、ルネの頭に浮かんでいたのは、リュシアンの完璧な美貌だった。

彼は、以前、寓意図の話をしたルネに対し、見つけるべき宝石がダイヤモンドではなくジルコンであるかもしれないとつぶやいたことがある。

あの時は、直後にアルフォンスが大怪我をしたという衝撃的なニュースが飛び込んできたため、すっかりそのことを忘れてしまっていたが、こうなると、なぜリュシアンが「ジルコンかもしれない」とつぶやいたのかが気になってくる。

事実、ハゲワシがもたらしたものはジルコンであったようなので、ターコイズに続き、彼の予測は見事当たったことになる。

（リュシアンって、すごいな……）

そう感心しているルネの前で、ファルマチーニが「そうか」と本題に戻って言った。

君たちが嘘をついているようには見えないし、石の正体を知らなかったのなら、やはり、君たちがこれをはめ込んだとは考えにくい」

ルネたちが犯人――この場合、決して悪いことをしたわけではなかったが――ではないかという疑いを消せずにいたファルマチーニが、ついにその事実を認めたところで、「だが」と新たに疑問を投げかける。

「それなら、誰がこれをやったかが問題になるわけだが、う〜ん、参ったな。やはり、ここは許可をもらって、寮の廊下の防犯カメラの映像を調べるべきか」

言ってから、サミュエルを振り返って訊く。

「どう思う、サミュエル？」

「そうですね」

応じたサミュエルが、どこかもの思わしげに続ける。

「それが確実だとは思いますが、『ホロスコプスの時計』の例もありますからね。調べた結果、その間の映像が途切れていたり砂嵐《すなあらし》のようになっていて意味をなさないという可能性も否定できませんよ」

「――おいおい」

焦ったように応じたファルマチーニが、「その場合」と、どこかゾッとしたように指輪を見て告げる。

「すべてが人智《じんち》を超えたものの仕業ということになり、僕たちには、お手上げってことになるぞ」

「まあ、そうですが」

軽く目を伏せて応じたサミュエルが、続ける。

「事が『賢者の石』に繋《つな》がるものであれば、それはそれで納得がいかないわけでもありません」

そんな下級生の意見に対し、呆《あき》れたように両手を開いて降参の意を示したファルマチーニが、気分を変えるように「ああ、そういえば」と現実的な話題に切り替えて言う。どうやら彼は、「賢者の石」に対してそれほど興味もなければ、人智を超えたものの仕業という説もあまり受け入れたくはないらしい。

「おとぎ話のような話はさておき、デュボワ、この件に関連して君に朗報がある」

「――朗報？」

首をかしげたアルフォンスに、ファルマチーニが教える。

「事の発端として、『サモス王の呪いの指輪』を君のシチューに忍ばせた、例のアメジスト寮のリチャード・オルコットの言い分だが、生徒自治会執行部は、彼の意見ばかりを聞いて物事を判断するのは不公平だと思ったので、いちおう、君の前に、彼の弟のマイケル、同室だったルビー寮のエマニュエル・シェロンや、現在の同室者《ルームメイト》であるスティーブ・マッコイなどにも話を聞いてみたんだよ」

「エマニュエル・シェロン……」

　アルフォンスが、その名前を苦々しくつぶやく。

　その生徒は、以前、エメラルド寮にいたが、アルフォンスと入れ替わる形でルビー寮に移ることになり、その後はチッキットの同室者《ルームメイト》になっている。ある意味、彼が迷惑をかけた二次的被害者であり、以来、彼の記憶に刻み込まれた名前の一つである。

　ファルマチーニが続ける。

「シェロンは、現在、あの喧嘩《けんか》っ早《ぱや》いチッキットともうまくやっているように、冷静で常に客観的な視点を持ったなかなかの人格者だ。だから、たとえ、マイケルとは三日間しか同室でなかったとはいえ、その意見はかなり参考になると思うんだが、彼曰く、マイケルは多分に依存的で、なにをやるにも行動をともにしようとするため、わずかな期間であったにもかかわらず、かなり精神的に疲れたと打ち明けてくれた。だから、正直、部屋替えを打診された時は渡りに船と思ったから、迷わず受けたそうだ。そうでなければ、彼自身、性格的に君ほどきつくはないにしても、マイケル・オルコットに対して、適度な距離感を保つために、君と同じく少々冷たい態度を取った可能性は否定できない、と」

「……へえ」

　アルフォンスが意外そうにつぶやいた。まさか、そんなところから援護射撃が来るとは思ってもみなかったからだ。

「それに」とファルマチーニが説明を付け足した。

「スティーブ・マッコイも似たような感想で、彼は、わかっていると思うが、マイケルと同室者《ルームメイト》になるまでデサンジュの同室者《ルームメイト》だったわけで、彼曰く、デサンジュがいるのかいないのかわからないくらいこちらに無関心だったのに対し、マイケル・オルコットは、こっちが辟易《へきえき》するくらいべったりとした存在感だったので、次に同室者《ルームメイト》ができるなら、その中間くらいがいいと嘆いていた」

その感想に対し、オルコットの件とは別に改善すべき点があると悟ったルネが、若干小さく丸まりながら、スティーブ・マッコイとは一度じっくり話をしなければいけないと考える。

というのも、過去を引きずっていたせいで、ルネは、ちょっと前までここでの生活にうまく適応できずにいた。

そして、自分のことで手一杯な人間というのは、まわりが見えず、知らないうちに他人に迷惑をかけているというのが、よくわかったからだ。

（本当に、マッコイには悪いことをしたんだな……）

それなのに、そのことに、今の今まで思い至らずにいたなんて――。

ルネが独自に反省している間にも、ファルマチーニがアルフォンスに対して告げた。

そこで、生徒自治会執行部は、それらの意見を、マイケルの兄のリチャードと理事会に報告し、理事会には、今後、オルコット家と学校側の話し合いの中で参考にしてもらうことにした。――つまり、マイケル・オルコットが引きこもりになったのは、デュボワの振る舞いが原因ではなく、そもそも彼に集団生活における自立性が欠如していたからであるという結論に至ったということだ」

「……集団生活における自立性」

アルフォンスがつぶやき、考え込む。その表情には、わずかな安堵と難問にぶつかった時の困惑があった。

そんな彼とルネに向かい、ファルマチーニが宣言する。

「以上で、僕からの話は終わりだ。――なにか、付け足したいことはあるか、サミュエル？」

ファルマチーニに振られたサミュエルが、「いえ」と短く答えて続けた。

「今は、特にありません」

そこで、ルネとアルフォンスは解放され、生徒自治会執行部の執務室をあとにした。

寮へと戻る道々、ルネが並んで歩くアルフォンスを見あげて訊く。

「ねえ、アル」

「なんだ？」

「さっき、あまり嬉しそうではなかったね？」

「――さっき？」

わかっているだろうに訊き返したアルフォンスに対し、ルネが「ほら」と説明する。

「ファルマチーニに、マイケル・オルコットの件で君には非がないと判断したと言われた時だよ。――なぜか、あまり嬉しそうには見えなかった」

「……ああ、まあな」

応じたアルフォンスが、その理由を説明しないまま、「お前こそ」と告げる。

「マッコイの話が出た時に、カメみたいに首を引っ込めていたろう？」

「ああ、うん」

前に向き直ってうなずいたルネが、ボトルグリーンの瞳を伏せながら言う。

「バカみたいな話だけど、マッコイにあんな風に思われていたなんて、これまで考えてもみなかったから――」

「そりゃ、たしかにバカだな」

あっさり言われ、ルネが「わかっているけど」と少し傷ついた表情をする。

「もうちょっと、他の言い方はないかなあ？」

「どう言ったって同じだろう」

「……う、そうなんだけどね」

アルフォンスに優しい言葉を期待しても無駄だと悟ったルネが、「それで」と決意表明した。

「とりあえず、このあと、マッコイの部屋に行って、以前のことを謝ろうかなって――」

「へえ」

面白そうに受けたアルフォンスが、皮肉げに確認する。

「存在を無視してごめんなさいって？」

「そう」

それに対し、チラッとルネを見おろして口の端を引きあげたアルフォンスが、「それはまた」とからかうように続けた。

「なんとも、お前らしい」

「え、駄目？」

「さあねえ」

曖昧《あいまい》に応じたアルフォンスが、「ま、」とどうでもよさそうに応じる。

「好きにしろ」

そんなアルフォンスの言葉で、一瞬決意が揺らぎかけたルネであったが、やはり実行しようと自分を鼓舞する。

そうして、それぞれの想《おも》いを胸に歩いていく彼らのことを、生徒自治会執行部の執務室の窓からサミュエルが見おろしていた。受験勉強で忙しいファルマチーニはすでに退出したあとで、部屋には彼とセオドアだけが残されている。

ややあって、セオドアがサミュエルの背中に向けて問いかけた。

「どう思いました、サミュエル？」

サミュエルが、振り返らないまま応じる。

「どうというのは、指輪に三つ目の宝石がはまっていたことに対する、ルネとデュボワの言い分のことかな？」

「もちろん。――それ以外に、ありますか？」

「そうだね」

そこで振り返ったサミュエルが、答えを出す前にセオドアに尋ねた。

「それなら、君はどう思ったんだ？」

それに対し、セオドアは片手を口元に当てながら答えた。

「まだわかりません。――彼らの言葉を信じるなら、誰かが忍び込んでやったことになるわけですが、そうでなければ、どちらかが嘘をついていることになる」

「たしかに」

モルトブラウンの瞳を翳らせて認めたサミュエルが、「なんであれ」と続けた。

「ここで、『ホロスコプスの時計』に続き、この学校にいる誰かが密《ひそ》かに『賢者の石』に一歩近付いたことになるわけだ」

「そういうことです」

　いったい、それは誰なのか。

　そして、その人物は、本当に「賢者の石」へのヒントを手に入れているのか。

　なにかを判断するにも、わからないことがあまりに多すぎて、彼らは正直言って途方に暮れている。

　こんなことで、本当に「賢者の石」など見つかるのか。

　それに、そもそも、「賢者の石」は実在するのか。

　セオドアが、「仮に」と尋ねる。

「あの二人のどちらかが嘘をついていたとして、まあ、デュボワは仕方ないにしても、貴方《あなた》のご親戚《しんせき》は、どうなんです？」

「――どうというのは？」

　モルトブラウンの瞳を向けて不審げに尋ね返したサミュエルに、セオドアが「つまり」と探るように言い直す。

「彼は、デサンジュ家に忠実ではないのかということですよ」

「……ああ」

　セオドアの言わんとしていることを察したサミュエルが、苦笑を浮かべて応じる。

「どうかな。――彼については、僕もまだわからないことが多いから」

言いながら、軽く振り返ってふたたび窓の外を見たサミュエルだが、そこにはすでにルネとアルフォンスの姿はなく、冬枯れた景色が広がるだけだった。

終章

数日後。

午前中の授業が終わり、校舎にいた生徒たちが昼食を摂《と》るために我先にと寮エリアの食堂へと駆けていく中、混雑を嫌うルネは一人、校舎の中庭に出て、噴水前のベンチに腰をかけて冬の空を見あげていた。

長居をするにはまだまだ寒いが、風がなく真昼の陽光が降り注ぐ今は、動かずに座っていてもポカポカとして気持ちがいい。

（いい天気だな……）

そんなことを思っていると、ルネの姿を見つけたらしいリュシアンがやってきた。

毎日ではなかったが、このところ、昼休みや午後のお茶の時間の前にここで軽く会話をかわすのが、二人の間では約束事のようになっていた。そして、タイミングが合えば、そのまま一緒にご飯を食べたり、お茶を飲んだりする。

「やあ、ルネ」

形式的に言い合ったあと、ベンチに並んで座ったところで、リュシアンが唐突に切り出した。

「もちろん」

「隣、いいかい？」

「リュシアン」


「そういえば、聞いたよ」

「え、なにを？」

　目的語がなかったため、なんのことかと思ってリュシアンのほうを見あげたルネに、彼は「例の」と教える。

「『サモス王の呪《のろ》いの指輪』に三つ目の宝石をはめ込んだ人間は、結局、わからずじまいになりそうなんだってね」

「そうなんだ？」

　知らなかったルネが驚いたように言うと、「エメの仕入れた情報によると」と、リュシアンが説明してくれる。

「生徒自治会執行部は、その人物を特定するために、わざわざ防犯カメラの映像を調べる許可まで取ったそうだけど、どういうわけか、その時の映像に不具合があって、ある一定の時間帯の映像が飛んでしまっていたらしい。——それで、理事会などは、防犯カメラに細工でもされたのではないかと疑っているみたいだけど」

「へえ」

ルネが、顎《あご》に手を当てて、その事実について考えてみる。

様々なことを照らし合わせて考えてみれば、一連の出来事にはなにか人外の力が働いているのはたしかだろう。

ただ、その場合、ルネの役割というのはなんなのか。

（……使いっぱ？）

なんとなくだが、そんな言葉がピッタリくる。

自分自身の心の言葉に落ち込むルネの横で、リュシアンが「まあ」と続けた。

「防犯カメラの映像については、『ホロスコプスの時計』の時もそうだったようだから、理事会や生徒自治会執行部の面々が疑うのも無理はない」

「そうだね」

軽い相槌《あいづち》で認めたルネが、さりげなく話題を変える。

「だけど、そういえば、リュシアン。指輪といえば、僕、あの指輪のことで、君に訊《き》きたいことがあったんだ」

「え、なんだい？」

首をかしげたリュシアンが、ルネのほうを見て問いかける。そんな仕草ですら優美で気品に満ちていて、うっかり見惚《みと》れそうになりながらルネは続けた。

「ほら、前に寓意図《ぐういず》の話をした時、リュシアン、あの指輪の呪いを解くために探すべきものは、僕たちが導き出したダイヤモンドではなく、ジルコンかもしれないってつぶやいていたよね？」

「ああ、そうだったね。――もちろん、覚えているよ」

認めたリュシアンに、ルネが言う。

「で、実際、今回、鑑定で明らかになったのは、あれがダイヤモンドではなくジルコンだったたってことなんだけど、そうなると、リュシアンの予想がまたもや当たったたってことになる」

「まあ、まぐれだとは思うけど」

謙遜《けんそん》するリュシアンを見て、ルネが尋ねる。

「でも、どうして？」

「ホロスコプスの時計」の時は、かなり綿密な調査に基づいて推理をしていたが、今回は予備知識などほとんどなかったはずで、それなのに、すんなり答えを導き出していたように見えた。しかも、結果としてそれは大当たりだったわけで、どうして正しい答えに辿《たど》り着いたのか、その理由が知りたいルネである。

ただ、若干言葉足らずだったようで、リュシアンが趣旨を確認するように訊き返す。

「どうしてというのは、どうしてジルコンと思ったかと尋ねている?」

「そう」

「それなら簡単で、宝飾品の中には、宝石の頭文字を取って一つのメッセージやモットーを表現しているものがあるんだ。ヨーロッパでは、主に十八世紀のフランスや英国で流行《はや》ったようなんだけど」

「メッセージやモットー?」

　ルネが不思議そうに繰り返したので、リュシアンが「たとえば」とわかりやすい例をあげてくれる。

「恋人に贈る宝飾品なら、『最愛の人《DEAREST》』というメッセージを込めるために、ダイヤモンド、エメラルド、アレキサンドライト、ルビー、エピドート、サファイア、ターコイズなんかを組み合わせて作る」

「え、待って、ダイヤモンド?」

　繰り返しながら持っていたタブレットのメモ機能を開いて頭文字を書き、ルネは作業を続ける。

「最初が『D』で、次がエメラルドの『E』、――で、その次はなんだっけ?」

「アレキサンドライトの『A』」

　答えたリュシアンが、辛抱強くルネの作業を待ちながら次々に挙げてくれる。

「ルビーの『R』、エピドートの『E』、サファイアの『S』、ターコイズの『T』……」

言われるがまま、ひとつひとつ画面上に書いていったルネが、最後に「ああ、なるほど」と納得して言う。

「たしかに、『最愛の人《DEAREST》』になるね」

「そういうこと」

うなずいたリュシアンが、「それと同じで」と教えた。

「ジルコンとエメラルドとサードオニクスの三つの頭文字を繋《つな》げてできる『ZES』という三文字は、ギリシャ語で『汝《なんじ》は生きる』という意味を表す文字として宝飾品に使われてきたものなんだよ」

「――汝は生きる?」

そのなんとも意味深な言葉を嚙《か》みしめるように繰り返したルネに、リュシアンが、「それって」と続けた。

「女神の呪いによって死すべき運命に置かれた人間にとっては、ものすごく強力な護符となると思わないかい?」

質問形式で言ったリュシアンだったが、ルネの回答を得る前に「というより」と持論を展開する。

「その宝石の組み合わせこそが、死すべき運命を逃れる手段、――言い換えると、女神の呪いを封じ込める役割を担うのではないかと考えたんだ」

「そうか」

納得したルネが、「つまり」と自分の言葉で言い換える。

「欠落した部分に三つ目の宝石であるジルコンをはめることで、あの指輪は『呪われた指輪』という忌《い》まわしき運命から自身を解放することができたってことだね？」

「——自身を解放する？」

今度はリュシアンがルネの言葉を繰り返し、どこか面白そうに「たしかに」と認める。

「呪いを受けた人間のほうでなく、呪いを発する指輪の側に立ってみれば、まさにその通りだといえる」

言ったあとで、「なるほど、そうか」とつぶやきながら青玉色《サファイアブルー》の目を伏せ、吟味するように同じ言葉を繰り返す。

「『呪われた指輪』という忌まわしき運命から自身を解放する、ね」

それから視線をあげ、なんとも興味深そうに「となると」と告げた。

「ちょっと突飛な考え方だけど、あの指輪が本当にサモス王のものだったとして、サモス王に呪いをかけた女神が、その呪いが指輪に取り憑《つ》いたままでいるのを懸念し、それを封印するために、今回、誰かを遣わしたとも考えられるわけで、いまだその正体がわからない、三つ目の宝石をはめ込んだ人物というのは、本当に人智《じんち》を超えたものの使いとかなのかもしれないな」

とたん、「え？」と目を丸くしたルネが、「女神が封印する？」と相手の言葉を端折《はしょ》ってつぶやいた。その考え方は、なんとなくだが、ルネに起こったことをとてもうまく説明している気がしたからだ。

「そうか。呪いをかけた女神自身が、呪いを封印したがっていたのか……」

だから、「返礼の品」と一緒にルネのところに寄越した。

呪いを発動するためではなく、呪いを封印させるために——。

いささか迷惑な話ではあるが、辻褄《つじつま》は合う。

ルネがリュシアンの考えをすんなり受け入れたため、むしろ当人のほうが慌てて「だから、ルネ」と釘《くぎ》を刺した。

「それは、ちょっと突飛な考え方だと言っただろう？」

「うん、わかっている」

「——本当に？」

「うん、たぶん」

そんな会話をする彼らの上を、その時、大きな影がよぎった。

気づいた二人が、ほぼ同時に上を見あげ、青空を背景に悠々と飛び去っていく鳥影を目で追う。

ややあって、リュシアンが上を向いたまま、ふと思いついたように言った。

「そういえば、エメが言っていたけど、ジルコンにもダイヤモンドと同じように谷底からワシが運んでくるという伝説があるそうだよ」

そこで、視線をルネのほうに移し、「君」と問う。

「知っていた？」

「あ、うん」

ドキリとしてうなずいたルネに、リュシアンが「それなら」と告げる。

「さっきの続きになってしまうけど、ハゲワシもワシといえばワシだし、今回、僕たちが助けてあげた例のハゲワシが、その恩返しに、僕たちが必要としているジルコンをもたらしたってことはないかな。——つまり、あの指輪にジルコンをはめ込んだのは、他ならぬハゲワシってことだけど」

最後は冗談のように言われたことに対し、ルネはなかば顔を引きつらせながら、「もし、そんなことがあったら」と応じる。

「すごく面白いのにね」

「うん。窓から入って抽斗《ひきだし》を開けて、くちばしで器用にジルコンをはめる。——完全におとぎ話だな」

「想像すると、すごく可愛《かわい》いけど」

そうして、ひとしきり笑ったあと、リュシアンが言い出した。

「だけど、さっきもちょっと話したように、あの指輪は本当に、サモス王が女神への奉納物として海に投げ込んだものなのだろうか？」

「どうかな？」

ルネが疑わしげに答えると、リュシアンは「でも」と主張する。

「あれに呪いがかかっているのだとしたら、そうでないと辻褄が合わない」

「辻褄が合わない？」

「うん。——だって、もし、そうでなければ、他の誰かが呪いをかけたってことになるわけだから」

「ああ、そうか」

改めて言われ、たしかにそうだなと考え込んだルネが、ややあって言う。

「わからないけど、もしそうだったとして、それなら、そもそもなんで、サモス王は赤縞瑪瑙《サードオニクス》の指輪だけを海に投げ込んだんだろう？」

根本的なところに立ち返っての疑問に対し、「え、そこから？」と楽しそうに応じたリュシアンが、それでもごく一般的な見解を示して答える。打てば響くというのは、まさにこんな関係のことを言うのだろう。

「それは、言われているように、彼が傲慢《ごうまん》だったからではなく？」

「それにしたって、なんで赤縞瑪瑙《サードオニクス》だったんだろう？」

ルネの言葉に、リュシアンが訊き返す。

「それって、重要？」

「ううん、ぜんぜん」

首を横に振ったルネが、「ただ、さ」と続ける。

「人の行動の裏には、思いもよらない理由が隠されていたりするから」

その深みのある言葉に片眉《かたまゆ》をあげたリュシアンが、「それなら」と興味津々といった表情で尋ねた。

「ルネは、どうしてだと思うんだい？」

「そうだな……」

考え込んだルネが、「たとえば」と自分なりの見解を示す。

「実は、それがサモス王の一番のお気に入りだったから——とか？」

「なるほど」

そんな答えが返るとは思わなかったらしいリュシアンが、深々とうなずきながらもう一度「なるほどねえ」とつぶやいたあと、ルネのほうに向き直ってなんとも嬉《うれ》しそうに告白した。

「やっぱり、ルネ、君って本当にあらゆる意味で謎《なぞ》だよ」

「え、そう?」

言ったあとで、「そんなことはないと思うけど」とつぶやいたルネのはるか上空では、大きく旋回した鳥影がアルプスの山並みを縫うように彼方《かなた》へと飛び去っていった。

あとがき

　半年ぶりに緊急事態宣言・まん延防止等重点措置が解除されることになり、少しホッとするような、いやいや、本当に大丈夫なのかとまだ疑う気持ちもある中、それでも、年初めの予感として、十一月頃に新しい態勢とともに経済が急速に活性化していくのではないかと考えていた私としては、この先、どんな日常がやって来るのか、密《ひそ》かにワクワクしながら待っているのですが、皆様はいかがお過ごしでしょうか。

　こんにちは、篠原美季《しのはらみき》です。

　そして、ひとまず、私も含めて、本当にお疲れ様です。ここしばらくどんな過ごし方をしていてもいいので、これを読んだこの瞬間に一度本を離れ、自分に対してこっそり「よく頑張っている、私、偉いぞ」とつぶやいてみてください。

　うん。本当に、私たち、よく頑張っています。――ね？　ね？　ね～～？

　それでもって、せっかくこんな強制的な休止のあとの再始動であれば、本格的に動き出す前のこの胎動の時期を逃さず、お互い、少し肩の力を抜いてのんびりしながら自分らしさを見つめていきましょう♪

　このところ思うのですが、コロナ以前、動かしがたい社会全体の茫洋《ぼうよう》とした流れに乗ったままいつしか麻痺《まひ》していた感覚に対し、別のところからやって来た大波が流れをすっかり変えてしまったことで、絶望や苦しさの中で本能的な感覚が呼び覚まされ、なんだかんだ本来的なものへと軌道修正する機会を得た人も多いのではないかということです。

自分らしさの追求——。

これ、この先の時代を生きる上でのキーワードになっていきそうな気がします。

そして、私にとって、この「サン・ピエールの宝石迷宮」というシリーズは、まさに自分らしさを追求していく上で、軸となる作品になったと思います。そんな思い入れの深いシリーズですが、二ヵ月連続刊行ということですので、来月もお見逃しなく～♪

最後になりましたが、今回も細部に至るまでアーティスティックで魅惑的なイラストを描いてくださったサマミヤアカザ先生、並びに、この本を手に取って読んでくださったすべての方々に多大なる感謝を捧《ささ》げます。

では、次回作でお目にかかれることを祈って——。

本気で衣更《ころもが》えをしようと思った秋の一日に

篠原美季　拝

『サン・ピエールの宝石迷宮　傲慢《ごうまん》な王と呪《のろ》いの指輪』、いかがでしたか？
篠原美季《しのはらみき》先生、イラストのサマミヤアカザ先生への、みなさまのお便りをお待ちしております。
篠原美季先生のファンレターのあて先
〒112-8001　東京都文京区音羽2-12-21　講談社　講談社文庫出版部「篠原美季先生」係
サマミヤアカザ先生のファンレターのあて先
〒112-8001　東京都文京区音羽2-12-21　講談社　講談社文庫出版部「サマミヤアカザ先生」係

N.D.C.913　255p　15cm

篠原美季（しのはら・みき）
4月9日生まれ、B型。横浜市在住。茶道とパワーストーンに心を癒やされつつ相変わらずジム通いもかかさない。日々是好日実践中。

講談社X文庫

KODANSHA

white heart

サン・ピエールの宝石迷宮《ほうせきめいきゅう》
傲慢《ごうまん》な王《おう》と呪《のろ》いの指輪《ゆびわ》
篠原美季《しのはらみき》
●
2021年11月2日　第1刷発行

定価はカバーに表示してあります。

発行者――鈴木章一
発行所――株式会社　講談社
東京都文京区音羽2-12-21　〒112-8001
電話　編集　03-5395-3510
販売　03-5395-5817
業務　03-5395-3615
本文印刷―豊国印刷株式会社
製本――株式会社国宝社
カバー印刷―半七写真印刷工業株式会社
本文データ制作―講談社デジタル製作
デザイン―山口　馨

ISBN978-4-06-525954-2